漢字學之一

漢字從頭說起

吳宏一

目錄

〈序〉

寫在我的漢字學書前

吳宏一

寫漢字學，是我十幾年來的一個藏之於心卻遲未動筆的願望。

民國五十年（一九六一）九月，我考取臺大中文系，註冊入學。本來我在中學時代喜歡的是現代文學及文藝寫作，所以會以臺大中文系為大專聯考的第一志願，也就是為了想成為詩人或新文藝作家。想不到進入臺大中文系以後，受了大一國文葉嘉瑩老師的影響，閱讀與寫作的興趣，竟然由現代文學而逐漸轉向中國古典文學。到了大二，除了葉老師所講授的「詩選及習作」之外，對李孝定老師所講授的必修課「文字學」，也同樣發生濃厚的興趣。

那時候，臺灣各大學中文系的課程，沿襲教育部民國初年所訂的標準，重視傳統經典與人才培育，都規定了一些基本必修課。例如配合「大一國文」及選修的專書課程，詩歌方面，大二必修「詩選及習作」，大三必修「詞曲選及習作」；古文方面，大二必修「歷代（唐宋）文選及習作」，大三必修「歷代（漢魏六朝）文選及習作」。至於傳統小學方面，大二必修「文字學」，大三必修「聲韻學」，大四必修「訓詁學」，分別研讀中國文字的形、音、義。

那時候，李孝定老師由臺大與中研院史語所合聘，原先擔任校長室秘書，後來轉任中文系教授，講授「文字學」。教我們這一班，是他教「文字學」的第二屆。據他自己說，他不會講課，請大家多多包涵。那時候，坊間買不到什麼參考書，他請人刻印鋼板，印發馬宗霍的《文字學發凡》與唐蘭的《古文字學導論》上半部給我們當講義，要求我們自己課外研讀；他上課時則只提示書中的一些要點，大部分的時間，都是由他舉一些例字，講漢字的起源與演變，並沒有預定的進度。

記得開學不久，有一次上課，他先用粉筆在黑板上畫個像「田」字的鬼頭，下畫似乎人體四肢、雙手高舉的線條，說這是古文字，要同學猜是什麼字。有同學說像「異」，他那寬大而略嫌蒼白的臉上，竟難得露出笑容。接著他又寫了「鬼」字和「思」字，問同學二字的上半像什麼。「鬼」頭不難解，但「思」的上半為何是「田」，則無人回答。這時候，李老師才告訴我們，上半的「田」不是「田」，而是頭腦「囟」部的形狀，是隸變時訛變了形體。像「異」字原來就是「象人首戴甾之形」，確實有人解釋為鬼頭。

也就從那一堂課起，他開始連續幾週講解《說文解字》人部、手部、共部等等若干例字，從甲骨文、金文以迄隸書形體的演變以及相關的一些問題。然後說，希望同學自動去翻閱《說文解字詁林》的哪些部首及屬字。一切看似隨興而發，沒有事先準備，但我仍然覺得他講得很精彩，給了我很大的啟發。特別是他講「保」字、「沬（頮）」字時的神采，一直深印在我的腦海裡。很多很多年以後，我才知道他在教我們「文字學」時，正在撰寫《甲骨文字集釋》，也才知道漢字的起源與演變，一直是他主要的研究課題。

記得那時候，常在晚飯後，到總圖書館（今已改為校史館）西翼二樓的「參考股圖書室」，去翻閱丁福保的《說文解字詁林》，隨興之所至，挑有興趣或容易了解的部首及屬字看，看不懂的地方就闕其疑而略過。但久而久之，經過前後對照，互相印證，原先不懂的部分，竟然有的也可以領會出一些道理，因此使我對「文字學」這門課，逐漸產生興趣。

記得那時候，系裡開設的專書課程中，還有一門由董作賓教授主講的「甲骨學」，供高年級及研究所的同學選修。我沒有見過董老師，只因對「文字學」有了興趣，又因按照慣例，系所開設的課程，只要主講的老師不反對，誰都可以去旁聽。所以在大二上學期中途，我曾經不自量力，跑去文學院特二教室旁聽「甲骨學」的課。教室小，人不多，只見一位中年瘦小的老師在臺上講課，我以為他就是鼎鼎大名的董作賓教授。哪裡知道他講課時，好幾次被臺下另一位瘦小的老先生打斷，加以糾正、補充，而他竟敬謹苦笑著唯唯稱是。後來我才知道：在臺上講課的是金祥恆先生，在臺下發言的才是董作賓教授。金先生是義務幫董老師「講」課。這嚇得我只旁聽了一次，就不敢再去了。從此乖乖的在「參考股」看《說文解字詁林》。

那時候，我常常想起去世多年的祖父。記得剛進小學時，讀過私塾的祖父教我認字。他曾經指著家裡廳堂的大門問我：「門」這個字像不像那兩扇大木版門的形狀；曾經告訴我「問」與「聞」二字，就是人與人在門內門外互相問答，加上嘴巴、耳朵的形狀組合而成的。最有趣的是，他還教我認識「愛」這個字，說它是一個人用手捧著心交給另一個人。這些童年往事，原先以為是祖父開玩笑，但在我大二學「文字學」看參考書的時候，卻常常浮上心頭來，給我增添很多溫馨的回憶。

大二下學期，有一次上課時，李老師提起了清代段玉裁、王筠、朱駿聲、桂馥《說文》四大家的著作，說我們系裡都有完備的藏書，又說甲骨文四大學者羅雪堂、王觀堂、郭鼎堂、董彥堂「四堂」之一的董彥堂（董作賓教授）就在我們系裡，有如此理想的學習環境，應當有同學把握這個難得的機會，從事這方面的研究。下課後，李老師特別找我去談話。他說看了我上學期的期末考卷，知道我看了很多課外參考書，所以給了我高分，希望我能再接再勵，將來從事這方面的研究工作。當時我受寵若驚，當然一口答應了。

雖然一口答應，但我也對李老師實話實說。說我雖已立志從事學術研究工作，但我最感興趣的仍然是純文學和文藝寫作。記得當時李老師寬大的臉上怔了一怔，似有不悅之色，只這樣說：「你知道陳夢家吧？他寫新詩，但也研究古文字。」我不敢多說一句話。

從此，除了上「文字學」課之外，我總是有意無意間避開李老師。其實我對李老師說的是真心話，雖然我也愛「文字」，但我真的更愛「文學」。

過了兩年左右，大約在我大學畢業前後，李老師離開了臺大。據說和王叔岷老師一樣，即將出國講學。從此失去了聯絡。後來我在臺大中文研究所讀碩士班、博士班的時候，仍然一本初衷，在詩詞純文學的天地裡討生活。碩士論文研究的是清代常州派詞學，博士論文研究的是清代詩學，這些都是我的興趣所在。

上博士班時，經由屈萬里老師推薦，我參加了「儀禮復原小組」，並承孔德成老師不棄，主動要我旁聽他講授的「金文選讀」，使得我又有機會接觸殷周古文字。那時候，大多數的老師、同學都以為我醉心於古典詩詞，很少人知道我同時也愛好文字學。大概很少人知道我在博士班念書時，學弟之中，張光裕、邱信義、黃沛榮他們由屈老師指導有關古文字的碩士論文，都曾由我先幫忙修飾文字，使得我有機會對他們的大著先睹為快；大概也很少人知道我從民國五十五年（一九六六）校外兼課教書開始，在講課時就常引用古文字來輔助教學。例如教林覺民的〈與妻訣別書〉，「且以汝之有身」的「身」，先把它金文、小篆的字體畫出來，原來就是女人懷孕的形狀；教《左傳》的〈曹劌論戰〉，先說《史記・刺客列傳》中，「曹劌」作「曹沫」，並進一步說明「劌」和「沬」、「湏」、「頮」、「靧」等字形音義之間的關係，等等。這種教法，似乎頗能引起學生學習的興趣。所以我臺大博士班畢業以後，留校任教，無論教什麼課，只要與古文字有關的詞語，我都會「依樣畫葫蘆」、「老王賣瓜」一番。尋思起來，這和當初上「文字學」的課，受到李老師的啟蒙大有關係。因此，我常常想起李老師當年對我的期許。我覺得辜負了他當年的好意，如果有機會，應該對李老師說聲「對不起」。

我從大學部畢業以後，就沒有和李老師見過面，一直到我在香港中文大學任教期間，李老師來校參加古文字學研討會。我才又有機會接觸到他。事實上，流水三十年間，曾經斷斷續續聽到李老師的一些動態，包括他在新加坡講學時和王叔岷老師失和，以及他和王老師又先後回到南港中研院史語所的一些消息。但那時候，因為他和王叔岷老師已經失和，有了誤會，而王老師不但也教過我，並且在我籌備中研院文哲所時，擔任諮詢委員多年，時常連繫，因而我去大學賓館見李老師時，不知為什麼，氣氛真的有點尷尬，也不知從何談起才好。記得當時只是向李老師報告，大二時聽了他的課，受益良多，一直感念在心。這些年來雖然荒廢了，但將來如有機會，我仍然願意從頭學起。

二〇〇九年夏天，我從香港退休返臺，決定不再教書，要專心讀書寫作。不但要讀以前未讀之書，而且要重溫以前讀過的好書。好書當然值得一讀再讀，愈讀一定愈有滋味。如果重溫之餘，能有新的體會，上焉者推陳出新有創見，當然最理想；否則，即使只是檢討舊說，提出質疑，也都值得寫出來，提供給有相同興趣的讀者參考。我覺得這樣做，無論對自己或對別人，都有好處。中國文字學，就是我退休後讀書寫作的計劃之一。它對我而言，是自我修煉；對已經去世多年的李老師而言，也是一個很有意義的紀念。

幾年來，我一直在持續不斷的閱讀與寫作之中。考慮時間空間的歷史因素，我把中國文字學改稱為漢字學。預定寫三部書。第一部書名《漢字從頭說起》，旨在探討東漢許慎《說文解字》成書以前的古代漢字，有關它的起源、特質以及演變的種種問題。其中甲骨文、金文部分，出版專書之前，曾在香港《國學新視野》連載，有事先藉此向各方專家請教之意。事實上，我也確實得到一些專家學者的教益，已分別補記在各章節之中。

第二部書名《許慎及其說文解字》，旨在評述許慎的生平事跡，及其《說文解字》一書的內容概要。特別注重許慎的仕宦經歷與經學思想的考證，漢代的六書說，以及《說文解字》一書的敍文、部首的詮釋與分析。因為這些都是了解該書必先解決的問題。其中像談六書次第，許慎為何置「指事」於「象形」之前，像談若干部首的取捨，是否與其經學思想背景有關，等等，筆者在書中都曾論及。書名所以定為《許慎及其說文解字》而不取《許慎與說文解字》，也是有意表示：人人皆可說「文」解「字」，但用「與」字，則許慎是一回事，「說文解字」可以是另一回事。許慎可以說文解字，別人也可以各自有其說文解字。如用「及其」，則書中所論，僅限於許氏該書。這是強調筆者所探討的，是許慎所編撰的《說文解字》一書，而不是一般泛稱的說文解字。

以上這兩部書，兩三年前都已完稿了。第三部書名《說文部首及關鍵字》，到目前為止，都還在分部陸續撰寫中。因為能力有限，涉及的問題又多，不易解決，何時可以完成，實在不敢說。因此徵得出版社同意，先出版這前兩部。

我非常感謝遠流出版公司曾淑正女士的費心編輯，包括配圖、描字，也很高興能陪有興趣的讀者，一起來認識漢字，一起來學習。我覺得我彷彿還在祖父和李老師溫馨的回憶裡。

二〇一九年五月初稿，二〇二〇年四月初校

第一章　漢字的創始

第一章討論漢字的起源及其創造的背景，分為「漢字的起源」和「漢字的創始」二節，所論兼採眾說，間出己見，一切以深入淺出為主，希望為傳統的文字學提供一些新視野。

第一節　漢字的起源

〈一〉

文字是記錄和傳達語言的符號，也是輔助語言的工具。無論古今，任何一個人，生活在部落或社群之中，都不能不靠語言來和別人溝通思想、交流情感。文字的產生，就是為了記錄或傳達人們所陳述的思想情感，把口頭的語言寫在書面上，以便提醒自己，同時打破時間空間的限制，提供給其他的人——包括遠方和後世的讀者，做為溝通、交流或參考之用。

不過，在上古時代的原始社會裡，人類文明還在蒙昧的階段，不可能有文字來做為媒介的工具。中外學者一致以為：社會文明必須進步到一定的程度，文字才可能產生，而且它必然要

●八卦圖

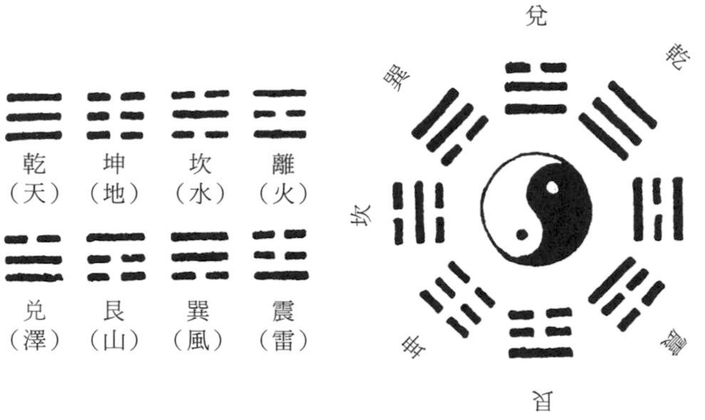

劉師培《中國文學教科書》說：「象形文字，即古圖畫。上古之時，未有字形，先有圖畫。故八卦為文字鼻祖。乾、坤、坎、離之卦形，即天地水火之字形。」並舉例說「天」字草書作「[illegible]」，象乾卦連寫的形狀；「坤」古作「巛」，象坤卦的倒形，坤即地；「水」字篆文作「𣱱」，象坎卦的倒形；「火」字古作「[illegible]」，也象離卦的形狀。藉此說明天地水火四字，即☰☷☵☲諸卦的象形。像這一類的說法，近代學者多不贊成，以為是附會之辭。

明了八卦，創造了書契。漢代所傳《尚書》有古文、今文之別。唐孔穎達《尚書正義》兼採二者，唯其中古文《尚書》所錄孔安國傳序的部分，據後人考證，實乃三國時王肅所偽作，故人稱《尚書．偽孔傳》。《尚書．偽孔傳》是這樣說的：

古者伏羲氏之王天下也，始畫八卦，造書契，以代結繩之政，由是文籍生焉。

這是說：伏羲氏治理天下的時候，已經創造了書契，取代了以前的結繩記事，文字圖籍於是就這樣產生了。文中特別強調伏羲氏「始畫八卦」，說八卦是他開始創制發明的。言下之意，例二也觀此二例則知虛字本無實義矣故有一字數用者亦有數字一用者每隨文法爲轉移若夫以虛字代實字之用者則爲代詞此字類分析之大略也

第六課　象形釋例

許君之言曰象形者畫成其物隨體詰詘蓋象形之字即古圖畫上古之時未有字形先有圖畫故八卦爲文字之鼻祖乾坤坎離之卦形即天地水火之字形試舉其例如左

乾爲天　今天字艸書作乏　象乾卦之形

坤爲地　古坤字或作巛　象坤卦之倒形

坎爲水　篆文水字作氺　象坎卦之倒形

離爲火　古文火字作火　象離卦之象

蓋知畫卦即知象形三代之時文字多象形之字試舉鐘鼎文之字以證之

八卦和書契、文籍的產生，有其密不可分的關係。但它們的關係，究竟如何，語焉而不詳。問題的關鍵，在於「由是文籍生焉」的「由是」二字，該怎麼講？「由是」意思是「從此以後」，從此以後的時間可長可短，是無法確定的。

除了《尚書・偽孔傳》之外，正史如《左傳》、《史記》也有一些類似的傳說。《左傳・昭公十二年》記載楚靈王稱讚其臣能讀《三墳》、《五典》、《八索》、《九丘》。《三墳》是伏羲、神農、黃帝的書，《五典》是少昊、顓頊、高辛、堯、舜的書，《八索》即八卦之圖，《九丘》即九州之誌。《史記・封禪書》中也引用了管仲的話，說山東的泰山和梁父山是古代帝王封禪祭拜天地的地方，山上的封禪刻石有七十二家，管仲認識的書契文字有十二家，包括無懷氏、伏羲氏、神農、炎帝、黃帝、顓頊、帝嚳、堯、舜、禹、湯、周成王等。好像在那些時代已經真有文字記載了。不過，這些都只是遠古的傳聞，並無直接的資料可以徵信，所以我們目前也只能存疑而已，只能概括性的稱之為書契文字的時代。

〈二〉

東漢的許慎，可能受了上述一些說法的影響，因此在他為解說古代漢字所編的專書《說文解字・敍》中，曾經就此問題重加綜述。這是討論漢字創始極為重要的一段文獻資料：

古者庖犧（按：即伏羲）氏之王天下也，仰則觀象於天，俯則觀法於地，視鳥獸之文與地之宜，近取諸身，遠取諸物，於是始作《易》八卦，以垂憲象。及神農氏結繩為治而統其事，庶業其繁，飾偽萌生。黃帝之史倉頡，見鳥獸蹏迒之迹，知分理之可相別異也，初造書契。百工以乂，萬品以察。

引文的第一段意思是說：伏羲氏統治天下的時候，觀察了天文地理的自然界現象，參照了鳥獸紋理和地上產物不同的景觀，並且就近取法自己的身體，遠處取法種種不同的事物，異中求同，同中求異，於是創作了既簡易又富於變化的八卦，用來顯示可以垂之久遠的現象和大家都應該遵照的法則。古人說：「卦者，掛也。言懸掛物象以示於人」，就是這個意思。又有人說，「卦」字從「卜」，卜是以火燒灼龜版，視其裂紋來占吉凶，所以八卦和甲骨文卜辭的產生，也有了關係。

第二段的意思是說：到了神農氏的時代，雖然還是用結繩之政來治理人民，但是社會逐漸進步了，文明逐漸發展了，群眾的事務日趨紛繁，種種的生活工作需求越來越多，連「憑空造假」的現象也開始產生了。簡單地說，就是民智已經逐漸開展了。於是到了黃帝的時代，他的史官倉頡，見識到種種鳥獸蹄印足跡的差異，體會到種種事物可以分別處理而顯示出它們的不同，於是就創造了書契文字。因為書契文字的發明，使百工萬物都有了一定的秩序和分際。

綜合這兩段話來看，許慎以為文字的產生，和社會文明的進展，有其一定緊密的關係。伏羲氏的時代，由於觀察天地萬物等等自然現象和人文景觀，發現很多現象、很多事物都有相對和互通之處，道理也可以互相解釋、演繹。有天就有地，有山就有水，它們既相對，卻又相成。歸納起來，它們都有一定可以遵循的法則。所以伏羲氏「近取諸身，遠取諸物」，發明了「八卦」，用來占卜吉凶，推測事理。

這裡所說的「八卦」，應該只是指：用八種簡單的記號圖案和簡單的數字觀念，來記述周遭的環境，以適應生活的需要。天、地、山、澤、水、火、風、雷等等，是人們生活周遭恆見的八種自然景觀，皆可因文而成象；另外從一筆一畫、上下點線的變化之間，也可由簡而繁，區別一些事物的異同，再加以計算推演，可以逐漸應用到實際的生活之中。它們的重點在於開導人民的智慧，教人明白天地萬物在同異虛實之中，同時有變與不變的不同現象存在。不過，它應該還只是一些簡單的圖紋記號或數字觀念，只是後來《周易》的萌芽階段，不能和後來的《周易》八卦劃上等號。後來《易》學中的八卦，比甲骨文出現還晚，不可能是漢字的前身。

上述引文中，許慎把伏羲氏創造八卦一事，放在「及神農氏結繩為治而統其事」之前，可能會引起一些讀者的疑惑。事實上，細讀原文，應該可以明白許慎的意思是：上古時代，一直到神農氏時，都還是在「結繩為治」的階段。伏羲氏在神農氏之前，當然也是以結繩記事；特別說明他創造八卦，那是強調他在文明發展史上的特殊貢獻，並不意味著當時的人都已能明白八卦的意義和作用。「及神農氏結繩為治而統其事」的「統其事」三字，讀者卻不可輕易放過。這三個字承接上文伏羲氏「始作《易》八卦，以垂憲象」而來，是說：到了神農氏的時代，因為「庶業其繁，飾偽萌生」，社會進步了，文明發展了，民智漸開了，來往交際逐漸頻繁了，語言的需求不僅在口頭上，而且還要求記錄下來，這樣子才可以傳之久遠。因此伏羲氏所創作的八卦之說，逐漸被大家理解了。原來天地萬物的一切現象，歸納起來都有規則可循，道理可以互通，同異虛實之間，相對相生，相因相成，藉一些圖紋或符號，就可以用來象徵天地萬物。這樣的時代，才營造了有利於創造文字的環境。文字是記錄和傳達語言的符號，「文」指事物的圖形，「字」指孳乳而生的符號系統。這時候，大家也才知道這些文字的圖形符號，原來有如此巨大的作用。

所以，許慎下文才會接著說：黃帝之史倉頡「初造書契」。

許慎所說的倉頡「初造書契」，核對別的文獻資料，有的稱之為「作書」，有的稱之為「造字」。其實，「初造書契」和「作書」、「造字」的意義並不相同。書契，用刀筆刻畫在竹片、木頭或石器上的線條、圖紋或符號，只是文字圖畫，還不能算是真正的文字，而「作書」、「造字」則容易予人字體已定的聯想。因此倉頡所創造的書契文字，究竟發展到什麼程度，和伏羲氏有什麼不同，文獻不足，是無法確定的。

尋繹許慎等人之言，漢字的創始，可以遠溯到黃帝、倉頡甚至是伏羲、神農的時代，換句話說，可以遠推到大約五六千年以前。揆諸史實，這多少是託之遠古以自神明的說法。

〈三〉

從十九世紀末甲骨文先後的大量出土，到近數十年來陸續出土的文物資料，包括陝西西安半坡村、臨潼姜寨等地所發掘的仰韶文化遺址，和山東莒縣附近所發掘的大汶口文化遺址等等，都曾經在出土的陶器缸口外沿，發現一些零星的幾何線條和圖紋符號。這些甲骨文字和陶器上的幾何線條、圖紋符號，根據文字考古專家學者的考證，推定甲骨文字流行的時代，是在殷商之時，甚至可以早在夏、殷之際。這時候的漢字，雖多依類象形，以具體的事物為主，但已趨於成熟，可以完整地記錄語言。要談漢字的創始，最遲不得晚於此時。

至於半坡遺址和大汶口遺址出土陶器上的一些圖紋符號，多數專家學者則推斷在公元前四千年左右已經出現，雖然有些字所刻畫的圖紋符號，像「旦」（或作「炅」，即古「熱」字）字和甲骨文、金文相似，可視為甲骨文的初文，但畢竟是極少數，不足以概括做為依據。

上文說過，文字的形成必然是漸進的，發展到成熟的階段，也必然有一段長期的醞釀過

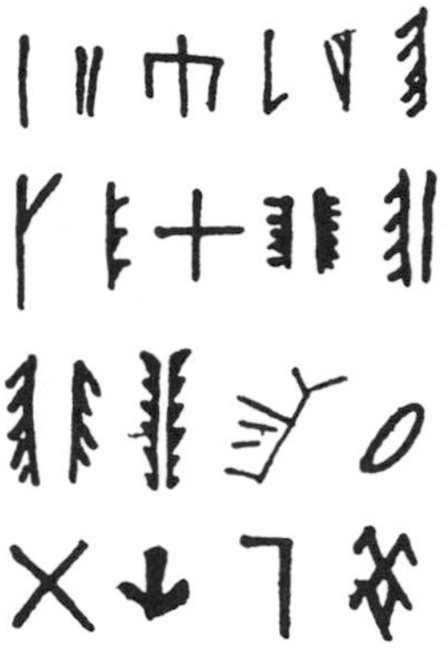

●臨潼姜寨出土

●西安半坡出土

陶器符號

據考證，半坡出土陶器上類似文字的符號，當在公元前四千餘年左右。姜寨時代亦大致相近。其中如✕＋)(|與古代早期數目字的五七八十，形狀非常接近，所以有人視之為古文字。也有人說其中的非、‖等刻符，可能是受結繩八卦的符號啟發而創造的原始文字。

●仰韶文化廟底溝類型　火形紋彩陶

●山東莒縣陵陽河

●大汶口「旦」字

●甲骨文「旦」字

●金文「旦」字

●山東諸城前寨遺址陶徽，屬大汶口文化

陶器徽記

最早考證此山火日陶文徽記為「旦」字的，是于省吾，他認為那是太陽、雲氣、高山三者組成的會意字。後來唐蘭認為它反映烈日下山上起火的情形，解作「熱」字。又李孝定師、李學勤解釋為「炅山」，饒宗頤、田昌五解作「日月山」，王震中則解作「山火星」。

程。所以，大多數的古文字研究者都主張：漢字應該從殷商時代的甲骨文說起，甲骨文以前，從公元前兩千年到公元前四千年之間，應該就是黃帝史官倉頡所造書契文字流行的時期。

結繩，不能算是文字；書契，傳說中伏羲氏的時代，初期簡單的圖紋、線條和符號，只是圖畫的性質，也不能算是文字。到了黃帝時代，傳說中倉頡所創造的書契文字，才由圖畫的性質逐漸抽象化、概念化，轉化為圖畫式的文字。從此以後，漢字的發展，才能由依類象形的「文」逐漸發展為形聲相益的「字」。古人所以將伏羲、神農、黃帝之書稱為「三墳」，所以誇張地說倉頡「造字」的時候，竟然「天雨粟，鬼夜哭」，都是為了強調這是一段漫長而艱巨的文明歷程，也是一個神聖而偉大的文化工程。

可見漢字的創造，歷時長久才形成，也絕對不是哪一個人所能獨創。古人傳說「倉頡造字」，也有人說是「沮誦造字」。其實倉頡、沮誦究竟是誰，皆不得其詳。《荀子・解蔽篇》說得好：「好書者眾矣，而倉頡獨傳者，壹也。」把「壹也」解釋為：舉其一以概其餘，想來是最通融的說法。也有人把「壹也」解釋為整理統一，也很合理。在漢字創制發展的過程中，參與創造、整理的人一定很多。黃帝的時代，可能做過一次漢字形體的大整理、大修訂，倉頡可能就是當時一位重要的執行者。所謂沮誦者，亦當作如是觀。

綜合上述，可知古人推究漢字的起源，從生活需求方面立論，提倡了結繩書契之說；從取法自然方面立論，提倡了八卦成象之說；從創自何時何人立論，提倡了倉頡造字之說。這些說法，古人大多深信不疑，我們今天雖然不必採信，但也應該有一份「同情的了解」，曉得這是表示一種悠久的文明的進程，不必一筆抹殺而輕言擯棄。

第二節　漢字的創始

〈一〉

那麼，漢字是怎樣創造出來的呢？

漢字有古今之分。古文字主要包括殷商的甲骨文、兩周的金文、春秋戰國期間通行於秦國的籀文和通行於六國的「古文」，最後是秦國統一六國以後的小篆。本節擬先從古文字的創始說起。

可以想像：原始社會的先民，起先只用口頭語言來溝通思想、交流情感，後來為了生活上和工作上的需要，為了幫助記憶和遵守約定，才開始結繩記事、書契記事。書契記事，本來只是在生活用具——像木器、竹器、石器或骨器上，畫上或刻上一些圖紋符號，藉以幫助記憶，提醒自己。起先可能只是某個人偶然的使用，如果刻畫得宜，獲得別人首肯，大家就會跟著使用。久而久之，大家一方面覺得這些圖案符號還不足以傳達思想情感，不足以滿足生活工作需要；另一方面，又覺得有些圖案符號大家都樂於接受、使用，容易獲得共識，於是就約定俗成，用來做為記錄語言的基本符號。這些基本符號，久而久之，也就成為有文字性質的符號了。它們會因各種民族、各種語言的不同而有所差異。

就拼音文字體系來說，它們往往只是一些字母或音素；就表意文字體系來說，它們卻常常是從具體事物的形象圖畫逐漸演化而來。它們和各種民族的生活環境、各種語言的特徵互相關連，互相限制。

漢字，就是記錄漢語的書面文字。使用漢字的漢民族，是融合很多部落、民族而成的，他們所使用的書面文字，也是大家經過長久的摸索所取得的共識。他們的口頭語言未必一致，但書面上的漢字，卻可以使他們溝通交流。原因就在於：古代漢字是以象形為基礎而發展起來的表意文字。文字的形體和它們所代表的意義，通常是一致的。

上文曾經引用許慎的《說文解字．敍》，說古代伏羲氏以迄黃帝的史官倉頡，因為「仰則觀象於天，俯則觀法於地，視鳥獸之文與地之宜，近取諸身，遠取諸物」，「知分理之可相別異也」，所以「初造書契」。意思就是他們為古漢語開始創造了書契文字，亦即創造了有文字性質的圖畫符號。

創造漢字的人不止一個，可是古人卻紛紛傳說倉頡造字。所謂「倉頡造字」，當然是悠遠古老的傳說。倉頡的生平，難得其詳；他如何造字，造了哪些字，現在更無從查考了。不過，說倉頡是黃帝時代的史官，則後人大致採信。因為：一、中華文明是從黃帝時代才開始的；二、文明的開始，必有史官記其事，否則無以傳世。倉頡應該就是當時史官的代表人物。

古代的史官負責文史星曆之類的工作，「近乎卜祝之間」，替帝王占卜禱告的巫醫之流，都是神權時代王朝中不可或缺的人物。統治者為了號令群眾，推行政事，設立百官來管理人民，各司其職，史官管理的正包括記錄和管理文字這一類的事情。古代所謂「左史記言，右史記事」，記載帝王的言行，所採用的應是當時已通行的文字，而所謂管理文字，也並非意味著文字是哪一個史官所創造的；即使他們創造了某些文字，但能不能順利推行，或者推行之後能不能廣被人們接受，又是另一回事。我們知道，古代平民多不識字，平民能夠受到教育，是從孔子才開始的。在此之前，能夠接受教育的，只有講求禮儀的貴族。有人說先秦古籍中的「人」，皆指貴族中之為官者，和「臣」「民」的意義有所不同。貴族子弟接受教育，應從識字始。規劃並且負責這些工作的，就是史官這一類的官員。他們教貴族子弟識字，是使其認識官府已經制定頒行的文字，而非意味著另外創造文字。

因此，所謂「倉頡造字」，只能視為傳說中的黃帝時代，在中華文明剛開始的時候，倉頡等人曾經為漢字的產生、為以前即已存在的文字符號，可能做過一次形體結構上的大整理、大修訂。這裡所以要強調文字符號的「形體結構」，理由是：漢字的產生，是從人「觀象於天」、「觀法於地」來的，是從「視鳥獸之文與地之宜」來的，是從「近取諸身，遠取諸物」來的。換句話說，它們是從觀察天文、地理、鳥獸、草木而得，是從推究近身遠物而得；經過分別整理之後才可看出它們不同的形狀特點。更簡明地說，漢字是從人視覺意象的象形字來開始記載語言的。

例如，從天文星象的「日」「月」來說，拼音文字體系中，像英語的「日」作sun，「月」作moon，像日語的「日」作「ひ」，「月」作「つき」，一個人只要學會了它們的字母，懂得了拼寫的規則，通常看到它們就可以念出來，聽到它們就可以寫出來。因為它們的文字和語音是一致的。可是漢字卻不是這樣。漢字是不直接標音的，它們最初是用一些特定的圖形符號來直接表示字詞的意義；讀者雖然不能根據它們的形體結構讀出音來，但是卻可以根據那些形體結構來了解它們的意義。這就是所謂表意文字。

表意文字包含獨體的象形初文，和合體孳乳而生的「字」。獨體的「文」，既是表形，也是表意；合體的「字」，則配合語言的需要而另造新詞，既要表意——有時候也要表音。這是因為後來漢語的發展，文字符號供不應求，出現了很多合體的「形聲字」。

一個合體字通常由兩個以上的「文」或符號構成。結構中有「形」有「聲」，有兩種以上的偏旁符號，表意的形旁叫做「義符」，表音的聲旁叫做「聲符」。那些表音的符號，大都是「取譬相成」而來，只取讀音相近，擬音不必精準，但讀者從它們的形旁，仍然可以判斷它們應是屬於哪一類的事物，或者是哪一方面的動作，具有什麼樣的意義。因此，漢字中的形聲字，雖有表音的成分，但實際上仍以表意為主。曾經有人做過統計和研究，說漢語中形聲字雖然很多，但大多數的常用字，卻還是以形義為主的表意文字。關於這些，下文還會有進一步的補充說明。

〈二〉

現在回頭來說漢語中的「日」「月」這兩個字，它們如何從視覺意象中產生，如何「依類以象形」。做為象形字，上古最初創造「日」「月」漢字的先民，應該不會只有一兩個人，一定有很多人「仰則觀象於天」，都想為天上的太陽和月亮這兩個客觀存在的天象實體，在書面上造個字。怎麼創造呢？最直接的方法，顯然是描摹它們的形狀。最初，可能你畫一個圓圈來代表太陽或月亮的形狀，他也畫一個圓圈來代表太陽或月亮的形狀，很多人都畫一個圓圈來代表太陽和月亮，所畫的圓圈不一定很圓，可能是橢圓形，也可能是略近扁方形。但大家一望即知，是代表太陽或月亮。這樣說，好像大家都有共識了，但是，問題也來了。圓圈的形狀固然可以代表太陽或月亮，但它也可以用來代表其他的事物。例如圓圈不但可以用來表示月亮圓滿時的形狀，而且也可以用來表示生活中其他圓形的事物（像圍、困二字的外圍，即可代表一種圓形的柵欄或事物）。怎麼辨呢？依照大家的生活經驗和觀察所得，太陽充實圓滿而有光輝，月亮則時盈時虧；月亮雖然也有圓滿的時候，但通常它多是如鈎似弦的形狀，所以依類象形的結果，大家有了共識，「日」字照樣用圓圈表示，卻把「月」字寫成如鈎似弦的半月形狀了。加上古人迷信，以為「日」中有太陽之精，「月」中有太陰之精，所以有人又在圓日和半月之中加上一點、一橫或一劃的符號，以示與其他圓形的事物有所區別。所以，我們可以在下列古文字中，看到古人對「日」「月」二字的不同寫法：（僅舉一二例，下同）

日　（甲骨文）　（金文）　（古文）　（小篆）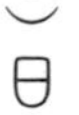

月　（甲骨文）　（金文）　（古文）　（小篆）

甲骨文、金文都是商、周時代即已經流傳的古文字。商、周時代已經流傳的字，當然表示該字產生的年代必然在此之前。現在我們可以看到古文字中的「日」「月」二字，顯而易見是依類以象形，都把握了「日」「月」這兩個客觀存在的天象實體的形狀特徵。不管是誰最先創造出來的，它們應該都曾經過大家長期而廣泛的使用，優勝而劣敗，才會逐漸規範化，取得共識而定了型。它們如果有古代所謂「聖人」的帝王或史官之流，出來整理宣導，當然更易於流行。流行既久且廣，形體及其所代表的意義都逐漸固定了，自然可以用來教導後學。

即使如此，我們也有理由相信，受到時代地域和個人習慣的影響，每一個字的形體結構，總難免有時會稍有不同或略有變化；但只要把握住主要的特徵，也都是無傷大雅的，可以並行而不悖。只要看的人看得懂，明白它的意義就夠了。

例如「牛」字，它在殷周古文字中可以寫成「」或「」，「羊」字可以寫成「」或「」。或繁或簡，但讀者都大概可以猜出所畫的物體是什麼。古人說的「因形而見義」，就是衡量的標準：只要依靠文字的形體結構，即可了解它語言上的意義。象形字就是在這樣的基礎上創造出來的。一個象形字所代表的語言意義，可以寫法不一，可以有不盡相同的形體結構，也是在這樣的基礎上產生出來的。

天文星象中的「日」「月」等字，是「觀象」而得，地理景觀中的「山」「川」等等，也同樣是「依類以象形」，從客觀存在的實體取法而來。例如古文字中的：

山　（甲骨文） 　（金文） 　（小篆）

川（甲骨文）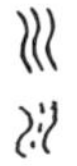（金文）（小篆）

一般而言，一座山通常由若干山峰組合而成，不會只有一個山峰；一條河川通常也由若干河流匯合而成，不會只有一條水流，所以古人在創造「山」「川」這些文字時，固然要象其形，用圖形符號來描摹它們的形狀，既不能過於簡單，也不能過於繁瑣。過猶不及，都不符合造字的原則，會被淘汰的。如果「山」字只畫一個山峰，「川」字只畫一條水流，那麼看起來，山只像是一個直立的三角形，川只像是一條彎曲的直線或橫線，讀者便無法從圖形符號中看出它們完整的意義；同樣的道理，山川的形狀如果要畫得詳細，那麼千峰競秀的高山和萬里奔流的巨川，恐怕誰也無法盡收筆底，畫出全貌。因此古人在造字時，對於山峰和川流之類的事物，一定經過長久的試驗和磨合，大家才逐漸取得共識，同意可以用「三」來代表多數。畫三個山峰可以代表眾多無數的山峰，畫三條水流可以代表眾多無數的河流，習而慣之，推而廣之，後來「三」幾乎可以用來代表「一切」的事物。《老子》就說：「一生二，二生三，三生萬物。」有人說這個「三」字，代表天地人，包括天上、地上、人事的一切現象。也有人說，它和《周易》八卦圖象中乾坤畫三橫畫的道理是相通的。

〈三〉

這種觀念，在漢字的創造過程中，確實存在。像以動物和植物為對象，以人的身體和生活器用為內容所造的漢字，都常常可以看到。例如飛禽動物中的「鳥」「隹」（音ㄓㄨㄟ，與「佳」有別）二字，它們的古文字原作：

鳥　（甲骨文）　（金文）　（小篆）

隹　（甲骨文）　（金文）　（小篆）

從「依類以象形」的觀點看，「鳥」和「隹」都是飛禽，形狀自然比較接近。從其形體結構看，有人說，「鳥」是尾巴長的禽鳥總稱，「隹」是尾巴短的禽鳥總稱，但也有人根據現存古文字的字形，認為二者的區別，不在尾巴的長短，而在於有沒有翅翼。這兩種說法雖然稍有差異，但我們觀其字形仍皆可知其義，所謂「因形而見義」，道理還是相通的。

所以「鳥」「隹」這兩個字，後來在造字的發展過程中，有時候也可以混用。像「鷄」和「雞」二字，一從「鳥」旁，一從「隹」旁，其意相同。而且把兩隻鳥合在一起，成為「雔」（音「仇」）這個字，大家一望可知，它有如《說文解字》所說，指的是「雙鳥」；把三隻鳥合為「雥」（音「雜」）這個字也就如《說文解字》所說，它所代表的意義，是「群鳥也」。可見三隻鳥、隹可以混用，代表「群鳥」。也就是說：「三」可以代表多數。會意字的產生，必然與此相關。從另一方面來說，鳥類有百千種，古人要為不同的鳥類造字，最簡便的方法，就是以「鳥」或「隹」做為形旁，各自加上一些文字符號做為聲符，來表示區別。同中求異，異中求同，文字的孳乳發展，應該就是如此逐漸形成的。形聲字的產生，也即由此而來。

植物中的草木之類也一樣。「草」「木」在地上初生的時候，都有枝莖，它們的初形叫「屮」（音「徹」），就像草木的枝莖，但依類以象形，「木」和「草」比較起來，「木」上面的枝葉和下面的根部都較為粗大明顯，所以古人後來有需要為它們分別造字的時候，草、木二字的初形也就逐漸有了差別：

屮　（甲骨文）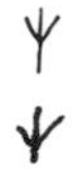　（金文）　（小篆）

木　（甲骨文）　（金文）　（小篆）

這跟我們今天所看到的草卉類和樹木類植物的差別，是大致相符合的。「屮」原象草木初生的樣子，後來用作草莖之形；它形體數量的多寡，也逐漸代表了各自不同的意義：例如兩個「屮」就合成了「艸」（即「草」字），三個就合成了「芔」（即「卉」字）。最特別的是它還不止以「三」來表示多數，還組合了四個而成為「茻」（即「莽」字）。同樣的情況，「木」就是我們今天對樹木的總稱，一棵樹叫做「木」，雙「木」就成為「林」，三「木」就成為「森」。「森」和「林」混合一起，所謂森林，其實都可以代表多數了，但古人還曾經為四「木」造了個「⿴囗⿱林林」（即後來的「囿」字。有人以為甲骨文多从四中，非四木。應作「⿴囗茻」，作四木者應屬訛寫）。形體結構過於繁複，書寫起來當然不方便，古人常說「事不過三」，所以像「茻」、「⿴囗⿱林林」這樣的字後來就少用了。通常古人還是以「三」代表多數；超過「三」的較為罕見，要不然就會被借用或另造的新字取代了。

同樣的，草木之類的植物也有千百種，古人也不可能為每一種草木各造一個新字，所以就像《說文解字．敍》所說的那樣：「知分理之可相別異也」，就以「艸」（俗稱草字頭）或「木」字為基礎，作該字的偏旁，另外加上一些文字符號來做為聲符，用以區別不同的植物。例如芀、芋、芷、茅、蒿、蘭和松、柏、枋、桐、楊、柳等等即是。以草字頭或木字作偏旁的字，意義一定與草、木有關。它們的不同，只是「艸」字偏旁，後來通常寫作「艹」，寫在字的上方，而「木」作偏旁時，通常放在字的左邊或下面。但是上述例子中，做為合體字聲符偏旁的那個部分，卻只是代表讀音的符號，它不一定具有原來象形表意的功能了。

就人的身體而言，很多漢字的創造，也與它關係密切。所謂「近取諸身」，就是這個意思。從身體的形態到五官四肢等等，無不與文字的創始互為因緣。而且它們的形體結構，也比較富於變化。例如有關「人」的這個象形字，在古文字中就有很多種不同的寫法和用法。略舉數例如下：

人（甲骨文） 　（金文） 　（小篆）

這是象人側立向左的形狀。臂脛向前俯垂，是先秦文官或貴族站立時的禮貌儀態。

大（甲骨文）　（金文）　（小篆）

可見「大」原是象人正面張開四肢的樣子。

儿（古文奇字）　（小篆）

「儿」是「人」的變體。所謂「古文奇字」，是指秦朝根據戰國時代六國文字所改造的變體文字。「人」的變體，除了「儿」之外，還有「」、「」等等都是。它們代表人不同的姿態和意義。除此之外，古人還把「人」字上下倒轉過來寫，表示「變化」之意。像甲骨文的「化」字，就是這樣寫的：

所以「匕」其實就是「化」的本字。如果把「人」字左右反過來寫，由「側立向左」改為「側立向右」，即由「𠆢」而變化為：

那麼，它就有了反向、比較之意。它也就是後來「比」的本字。順此以推，「從」（原作「从」）和「比」也都可以因形而見義了。例如古文字中的「從（从）」和「比」二字，在甲骨文中原非同字，「从」从「𠆢」形，「比」則从「匕」形，二者不同。但後來因形近而混用了。有人以為二者並無分別，左向右向，都有相從的意思。後來為了區別詞義，它們才逐漸分化而定型了：

从（即「從」）（甲骨文）（金文）（小篆）

比（甲骨文）（金文）（古文）（小篆）

兩個「人」在一起，因方向的不同，就可以造出不同意義的文字，三個「人」在一起，也就可以合成「众」（眾）這個新字。

從上述諸例中，我們可以看出漢字的形體結構與其內容意義之間緊密的關係，也可以看出古人在造字時共同的靈思和智慧。我以為上文所說的「庶業其繁，飾偽萌生」，應該從這地方去理解才對。

〈四〉

再以人的「手」為例，進一步來說明漢字在創造過程中，簡化、繁化、分化和聲化的必然性。「手」原是一個拳頭、五根手指的象形，像金文的「手」就寫成「□」的樣子，後來變圖形為符號，以「三」代表多數，只把握其特徵而簡化為「又」或「𠂇」，然後為了進一步加以群分類別，又把「又」和「𠂇」分別用來指右手和左手。它們也就分別成為「右」和「左」的本字。把這獨體的「文」重疊而成合體的「字」，使之繁化，如重疊雙手，作「□」「□」或「□」，就成為「友」字，表示有互相幫助的意思；如作「□」「□」或「□」，就成為「収」、「共」（音義同「拱」或「共」）和「𦥑」（音義同「掬」或「舉」，此與「臼」字不同，須分辨），表示有拱衛和捧起的意思；如「□」，上面的手表示交付，下面的手表示承接，它就成為「受」（□）字，有授受的意思；如「□」或「□」，像用手從後捉到一個人，它就成為「及」字，有逮住、趕上的意思；如「□」像手拿簡冊，「□」像手拿器物，「□」像手執筆，就成了「史」、「事」和「聿」。「聿」也就是「筆」的本字。因此，陳夢家在《中國文字學》一書中論漢字的結構時說：象形字出於圖畫，而圖畫不但表示物的實體，且可以表示物的狀態和動態。所以象形字不但象物，並且象事、象意。也因此象形字兼具名詞、動詞和形容詞三種詞性，而且具有抽象、簡化、分化、指示、會合等五種作用。他的這些說法，是頗有見地的。

以上所舉的例子，都是由象形象意而來，可以因其形而知其義。

同樣的道理，在文字不斷的孳乳變化之中，為了配合語言繁複的需要，可以使象形的文字變成符號，然後加上一些記號，或變寫原形，或以之為字根，另外加上一些偏旁來做為聲符或義符，透過同字異體和同形異義的分化原則，而創新字。

例如上面表示右手的「ㄡ」字，可以在其下寸口處，也就是人的動脈所在，加上一個有指示作用的記號，它就變成有指示作用的「寸」（肘的本字）；也可以變寫它的形狀，寫成「手」字或作偏旁用的「扌」字；更可以配合語音或詞性的不同，把它寫成「又」字，或專作偏旁用的「攵」字（攻、改、教、啟的右旁）。「又」固然原指是「右」手，但它作「幫助」的意思用時，就可以另加「人」旁而成為「佑」字，與「佐」字異形而同義；或加上「月（肉）」旁而成為「有」字，它既可以指祭祀時右手持肉，通侑祭的「侑」字，也可以假借為有無的「有」字。當然，「又」既是右手的本字，可作「佑」講，但它後來也可以假借為虛字「且又」的「又」。形的分化、義的引申、聲的假借，都使文字的演變更趨於繁複多樣。

因此，漢字的形體，不會像拼音文字那樣隨著語音的變化而起大變化。很多古代的漢字，和今天所見的漢字，在形音義方面都還有或多或少的聯繫，即使有所變化，也大多可以經過指導研讀，而加以辨認。這是漢字做為表意文字的一個特點。

二、在字形方面，漢字的形體結構，基本上是方塊字，一個字佔一個空格。不過，最初的漢字並非如此，像在殷、周時代的甲骨文和金文裡，有時候兩三個字可以合寫在一起，有時候一個字可以佔兩行寬，有時候一個合體字的偏旁可以離得很遠。原因是古文字中的象形字，多直接描摹其客觀實物的形狀或特徵，受到客觀實物大小的影響，以及書契刻寫時的限制，難免如此。據學者的考證，大概從西周末年開始，漢字一個字佔一個空格、字體方塊化的形式，才逐漸確定下來。從秦、漢以後，漢字由篆書衍變為隸書和楷書，這種特色更為明顯。

同樣的情況，漢字的書寫形式，原來也沒有一定的規則。橫畫直畫，橫寫直寫，只要觀者能會其意，大概也不會計較。像犬、馬、豕、象等等這些動物本來都是四腳著地、俯身而行的，但描摹牠們的象形字，則多變為直立的形狀，而且畫出主要的特徵就可以了，不必四隻腳全畫出來。另外，字句在排列成行時，本來可以從左往右寫，也可以從右往左寫；可以上下直排，也可以左右橫排，甚至可以交相使用，似乎都可以並行而不悖。例如在甲骨文中，我們可以發現，雖然多已直排左行（就一行來說，是由上往下寫，就行與行的排列順序說，則是先寫右邊的一行，再寫左邊的一行），但直排右行的其他現象也不少見。大概也是到了甲骨文的後期，直排左行的格式才廣被接受，逐漸定了型。一直到一九五六年大陸推行漢字橫排橫寫之前，中國歷代無不採行上述直排左行的格式。

為什麼會有上述的這兩種情況呢？有人以為都與中國古代的書寫工具有關。書契時代，以刀刻畫，本來就容易趨於線條化，容易有斷筆而不能連寫，這裡暫且不論。就筆而言，甲骨文中，「筆」初作「聿」，形狀如下：「」、「」，金文大致相同，都是像執筆寫字的樣子。這時候的筆，用什麼材料製成，不敢確定，但後來以竹為筆管，所以才加了竹字頭，則無疑問。過去學者以為秦朝蒙恬發明毛筆，現代的專家則多主張在商代的甲骨文和更早的陶文上，已經有用毛筆書寫的事例，並且根據《尚書．多士》篇文獻中所說的「惟殷先人有典有冊」，認為典冊應皆竹簡編成，足以證明至遲在商、周之前，除甲骨、陶器之外，古人應該還用竹簡來做為書寫的用具。竹簡形狀狹窄而長，因此用筆書寫時，容易筆畫分散而不能橫著連寫，也因此容易採用直排左行的形式。甲骨文、金文應是帝王諸侯貴族所有，竹簡則為一般人所用，所以它更為通行，影響比較大。

這些看法，當然值得參考，但就漢字的形式來說，這種一字一格的特質，對於後世漢字的修辭以及文學藝術的表現，無疑更易於追求字句形式的整齊之美，而為中國後來的駢文和詩詞，奠定了講求平仄對仗等等格律的基礎。

三、在字音方面，漢字和拼音文字也不相同。拼音文字是用若干字母來表示語言裡的音素，一個字母在一個音節中只代表一個音素，因此一個音節通常要用幾個字母來表示。如果把一個個字母或一個個音節分開來看，就絲毫沒有意義了。

漢字則不同。漢字是音節性的符號，一個方塊字就是一個音節，它記錄了漢語中的一個詞或詞素。漢語的語詞，有單音節詞，也有複音節詞。複音節詞中，以雙音節詞最為常見。但古代漢語仍以單音節詞為主，通常一字一詞，字的本義即詞的本義，處處顯示表意文字的特質。在雙音節或多音節詞中，則其中的每一個漢字，只能當作詞中的一個詞素。字義和詞義通常也有一定的關聯性。這在現代漢語中更為明顯。對照來看，更容易看出古今漢字和漢語的關係。

照道理講，語言中的任何一個字，在最初創造它時，應該都只有一個讀音和一個意義。所謂一字一音一義。古代漢語中的詞，既以單音節為主，漢字當然也是以單音節為主，因而可以互相適應。也因此，一個漢字除了代表一個音節之外，也代表一個意義。即使後來組合若干字為複音詞，一樣可以推知其意。這和拼音文字並不相同。

拼音文字體系，像英語、法語，文字和詞是統一的，要學多少個複音詞，就必須學習多少個詞。但也因為這樣，拼音文字的詞的意義，比較容易確定。漢語中的單音節字，相對而言，意義就比較模糊。古漢字之所以容易一字多義，就是因此而來。像古漢語所說的「道」，語意是不清楚的，如果像現代漢語分別說是「道理」、「道德」、「道路」，就比較清楚了。這也是現代漢語為什麼多複音節的原因。

古代漢語既以單音節詞佔絕大多數，一個字代表一個音節、一個意義，可是詞的數量很多，「書不盡言，言不盡意」的結果，必然有很多詞共同使用一個字，這也是古漢語中為什麼同音字特別多的原因。因此到了現代漢語中，為求語意更加明確，雙音節詞和複音節詞就變多了，變常用了，也因此一個漢字常常要與其他漢字合組新詞。例如「道」是一個詞，「道理」、「道德」、「道路」也是一個詞，但「道理」的「道」和「理」，「道德」的「道」和「德」，「道路」的「道」和「路」，都只能算是「道理」、「道德」、「道路」那個詞中的詞素而已。

看起來，這好像是古今漢字和漢語之間矛盾的地方，但從構詞等方面看，它又自有其便利的優點。我們只要認識一些常用漢字的形音義，特別是古代漢字，則不論遇見多少與它們有關的複音詞，應該都能多多少少測知它們的讀音和意義，不必像拼音文字那樣：複音節詞的增加，也就等於多音節字的增加，多了另造新字新詞的麻煩。

龍宇純《中國文字學》在傳統的文字學之外，利用上述語言分析的概念來談這些問題，極有新意。他並曾舉例說：只需認識「評」、「議」、「論」三個單音節漢字，便可以識得「評議」、「評論」、「議論」三個複音節詞；假定再多認識一個「講」字，便又識得「講評」、「講議」、「講論」等詞。甚至有人願意把「評議」、「評論」、「議論」，說成「議評」、「論評」、「論議」，讀者仍可心知其意。可是換了拼音文字，這些單音節字和複音節詞，都會變成一個孤立的字，彼此不發生聯繫作用，每一個都需要費心去記。

旨哉斯言！龍宇純之外，蔣善國的《漢字學》在這方面的論述，也有很好的意見，可以參考。

再進一步從傳統的聲韻學說，每一個漢字的音節，可以說都由聲母（輔音）、韻母（元音）和聲調三者組合而成。聲調的高低升降，可以幫助讀者辨別語音中的意義。現代漢語有陰平、陽平、上聲、去聲四種聲調，古代也有平、上、去、入四種聲調，它們都在古今的語音中，產生了辨別意義的作用。尤其是中古時期流行的所謂「四聲」平、上、去、入，更使古代漢語吟誦起來，充滿了節奏感和音樂性。古人曾經應用它們配合方塊漢字的一字一格的特點，創造出駢文詩詞等等句式整齊、格律謹嚴的優美文學作品。這跟現代漢語中的輕聲和兒化韻，都是其他民族語言所罕見的，也都可以說是漢字在語音上的特點。

四、在字義方面，漢字也有不同的特色，上文已略曾言及，並且還說漢字雖然屬於表意文字的體系，但在半形半聲的「形聲字」中，其聲符又暗藏著一般拼音文字的功能，因此有人稱漢字是以象形為基礎發展起來而兼具音意的文字。也因此，有人以為從造字的觀點看，漢字應該有純粹象形表意和一半表意、一半標音的這兩種不同類型。而這兩種類型，一講形義關係，一講音義關係，都還是以所欲表達的「義」為歸宿，與字義有必然直接的關聯性，這與拼音文字之以若干字母來表示語音詞義，是不相同的。

從形義的關係看，古代漢字既是表意文字，它是由表意性很強的象形文字做基礎發展起來的，起先是獨體的象形，後來才逐漸孳乳而成合體的結構。基於一字一音一義的原則，最初獨體的象形字，多描摹客觀實物的形狀，因而其形體與其詞義必然有直接的密切的關係，後來在這獨體象形字上加上一些符號，或者組合二個以上的形體以造新字，而其形體則仍然與其詞義有密切的關聯性。指事字、會意字就是在象形字的基礎上再加符號或形體組合而成的。指事又名象事，會意又名象意，亦由此而來。所謂純粹象形表意，指的也就是這些。

後來即將這些與形體有密切關係的意義，稱為該字的本義。例如上一章說過的「日」這個字，在甲骨文作「」，金文作「」，都是描摹太陽的形狀。觀其形，即知其意。因此象形也同時就是象義。後來有人在「日」字下面加了一個符號，說明太陽早上從地面或水面等等平面上升起，就成了形容日出的「旦」字。上文第一節曾說大汶口文化遺址出土的陶器上，有下列「」「」的圖形文字，正像是早上旭日從山上雲層冉冉升起的樣子；甲骨文作「」

「旦」，金文作「旦」，也都是象徵太陽初升的形狀。觀其形，亦即可知其意。如此，象形同時也是象事和象意。

同樣的道理，古人以「屮」象徵草木初生的草葉形狀，而以形體重疊的「艸」（草）、「芔」（卉）、「茻」（莽）來表示眾草叢生的樣子。「莫」（莫），甲骨文作「莫」或「莫」，當太陽將隱沒在叢生草木間的時候，那也就是代表日落、日暮的意思。就是「暮」的本義，也是它的初文（一稱「本」字）。同時，「茻」（莽）也是它的取聲所在。這種取意又取聲的現象，就叫做「兼聲」或「亦聲」。後來「莫」借用為「且莫」、「莫須」的否定詞，才又造一「暮」字，來替代「莫」。這就叫字的分化。

上述例子說「日」即「太陽」、「旦」即「旭日」、「莫」即「暮」，這些說的都是它們的本義。可以明顯看出來，這些字的本義，和它們的形狀都有直接或相當密切的關係。不過，漢字是記錄漢語的文字，文字有限而語言無窮，隨著時空的不同，漢語中的新詞又不斷出現，數量實在太大了，無論是誰也不可能相應地創造那麼多新字，於是古人除了創造半形半聲的形聲字之外，還使用一個漢字來記錄多個不同的詞語。像「日」「旦」都是光明的象徵，但也都有象徵時間遞嬗的意義。像上古歌謠〈卿雲歌〉說的：「日月光華，旦復旦兮」，《詩經．衛風．氓》篇說的：「信誓旦旦」，都含有這個意思。這也就叫做引申義。引申義是由本義引申發展出來的，在意念上與本義必然有一定的聯繫。引申義多了以後，漢字反而需要造更多的新字來相配合，加上秦、漢以後，漢字的形體起了大變化，形音義之間的組合和運用，也就變得更為複雜了。

〈二〉

古代漢字從上古到秦、漢之際，從甲骨文到小篆，基本上都是以象形為基礎發展起來的，字的形體結構與所表示的詞意有直接而緊密的關係。此即上述所謂形義關係。但從隸書興起以後，所謂隸變，漢字的形義關係也就有所變化了。例如「」（秉）這個字，象人用手拿著一束稻禾；「」（兼）這個字，則象人用一手同時拿著兩束稻禾，這兩個字原本都可觀其形而知其意之所指，分別有「把、持」和「並、同」之意。可是不懂古文字的人，對「秉」作「把、持」講，或者尚可得其彷彿，但對於「」後來隸變為「兼」之後，一手同時拿著兩束稻禾的形狀已看不出，因此何以「兼」字可以引申為「並且」、「同時」，恐怕就有一些人未得其解而茫然不知了。

時有古今，地有南北，漢字的字形字音字義，都常有可能隨時代環境的不同而起變化，因此秦、漢以後，隸書、楷書相繼興起，逐漸取代了小篆以前的甲骨文、金文等等古文字的地位，象形文字的輪廓也就逐漸改變或消失了。像上述的「」字，到了隸書、楷書以後，「日」上下的「」，已由叢草而訛變為「艹」和「大」，寫成「莫」字，作假借義用，形體不但改變

的下「口」、「亭」字的下「丁」形狀相脗合，足可證明「亭」與「高」意義相同，既有形義關係，歸屬同部有其道理。但要說「丁」是「亦聲」，好像也可以成立。然而，問題也來了。為什麼意義相同的同部字，讀音現在卻有「高」ㄍㄠ（gāo）和「亭」ㄊㄧㄥˊ（tíng）的差異呢？

這牽涉到漢語和漢字之間的關係。文字記錄語言，拼音文字是根據語言中有限的音素或音節，來制定若干固定的字母，做為書寫符號，以之記錄語言，即可滿足語言的需要，而且簡單準確。漢字之記錄語言，最初係以描摹物體形狀的象形字為基礎，起先固然有圖形表意之便，讀者也易於因形見義，但以萬物之盛，品類之多，很多複雜的形體既難以形象化，很多抽象的概念又無法象形表意，因此純粹象形的象形字、指事字、會意字，形體無論如何組合增刪，都有其局限，實在無法滿足語言的需要。因此必須借助表音的手段來記錄語言，於是，形聲字應運而生。

與「高」同部的「亭」字，甚至「京」字，它們在語言中本來就是不同的詞，純粹用象形表意，是很難不與「高」字相混淆的。有了形聲造字法，它們才可以用不同的形體來標出音讀，進而為不同的詞造出不同的新字。方法是在既有的象形體系文字裡，把部分較為常見較有共識的象形表意符號，拿來做為基幹，另外拿一個比較簡單而有共識的語言符號來當作表音符號使用。形符（亦即義符）與聲符重新組合的結果，一則可以因形表意，一則可以借形標音。

像「亭」字就是由「高」與「丁」重新組合而成的。古人發現如此記錄語言，雖然聲符的借形表音，只能取其近似，不夠準確，但是造字時非常方便，因此形聲字大量產生，在漢字中的比例也越來越高。

據學者專家的統計，形聲字在甲骨文中已經出現佔所有漢字的百分之二十，到了東漢許慎的《說文解字》，已佔百分之八十以上。連帶的，許慎所說的轉注字、假借字也跟著在不同的時代紛紛出現了。漢字因而走向音化的道路。從商周到東漢，時間很長，資料不少，變化也多，東漢的學者在因緣際會之下，正好可以為漢字的發展與變化，做整理的工作。

〈四〉

許慎是東漢著名的古文字學家，博學經籍，他的《說文解字》，收錄小篆以前古文字九千多字，分為五四〇部。部首的排列順序是「據形系聯」，即注重形義的關係。他根據舊有的「六書」之說，對漢字的形音義重作整理，來探索字的本義。逐字說解時，亦以因形求義為原則。不過，他也注意到大量形聲字聲符的存在意義及其作用，在尋求本義時，同時也兼顧到以聲求義的可能性。例如他解說「天」字說是：「顛也，至高無上。从一大。」解說「政」字說是：「正也。从支正，正亦聲。」解說「神」字說是：「天神引出萬物者也。从示，申聲。」解說「臤」字說是：「堅也。从又，臣聲。讀若鏗鏘之鏗。古文以為賢字。」除了說明文字的形體結構之外，同時也指出形聲字聲符的實際作用。他所說的「亦聲」、「讀若」，都在強調形義關係以外的音義關係。上舉的「亭」字，其與「高」、「丁」的關係也正是如此。

劉熙的《釋名》，旨在以聲求義，被稱為中國第一部探討詞源學的專著。在他之前，雖然有人從古書漢字的讀音去探求漢字的意義，例如《周易．說卦傳》的「乾，健也；坤，順也」，「坎，陷也；離，麗也」，《論語．顏淵篇》的「政者，正也。子帥以正，孰敢不正？」《孟子．滕文公上》的「庠者，養也；校者，教也；序者，射也」，等等，都曾以音同音近的道理來推求字義，但是，像劉熙這樣專注有系統探討漢字音義關係的，畢竟前所未有。

劉熙以「停」說「亭」，除了二字音同音近之外，主要是因為「亭」本來就可供商旅行人往來食宿休息之用，有停集之意，這跟書中其他的解說，如〈釋天〉所謂「月，闕也。滿則闕也」，「雨，羽也。如鳥羽動則散也」，「冬，終也。物終成也」等等，都可謂因聲求義，用音同音近的字來解釋詞意，說明漢字得聲的由來，自有其一定可以成立的道理。月滿則闕，以闕釋月，頗得物象。日中有鳥，雨時鳥散，頗近事理。秋收冬藏，以終釋冬，合乎人情。都不止音同音近而已，與字「義」畢竟有相合處。

劉熙的《釋名》，因聲求義，探討漢字的音義關係，可以說為後代漢語的語源學開了先河。後來像北宋王子韶（聖美）的「右文說」，清代朱駿聲的《說文通訓定聲》，都是在劉熙研究的基礎上發展起來的。可惜劉熙以下這個以聲求義的理論系統，一直比較不受學者重視，對於古漢語的語言文字研究，不能不說是一大損失。

〈五〉

其實，就古代漢字的音義關係而論，同一個漢字在不同的時代、不同的地域，都可能存在著不同的意義。例如《戰國策．秦策》中有這樣的一段記載：

鄭人謂玉未理者璞，周人謂鼠未臘者樸。周人懷樸，過鄭賈曰：「欲買樸乎？」鄭賈曰：「欲之。」出其樸，視之，乃死鼠也。因謝不取。

鄭國商人所以會把周人所賣的「樸」（還沒曬乾的老鼠肉），誤會是他所要的「璞」（還沒琢磨的玉石），主要的原因，就在於「樸（璞）」這個音同音近的詞語在不同的地區，卻有不同的意義。這反映了漢字的音義關係，常會隨時空不同的因素而起變化。

又例如唐代白居易〈長恨歌〉中，「雲髻半偏新睡覺」的「睡覺」二字，在詩中是從「睡夢中醒覺」之意，跟後來一般所謂「睡覺」的意義不同。「覺」，據《說文解字》說，本來就是「寤」（醒）的意思，而「睡」的本義，卻是「坐寐也。从目垂」，也就是閉著眼睛打瞌睡的樣子，並不是正式的睡覺。

從以上的論述中，可見漢字的形音義，無論是字詞本身的內在聯繫，或字與字之間的外在關係，在時空環境的變動因素下，都有其複雜性。而其文字與語言之間的關係，也不像拼音文字那樣的精簡、固定，各有各的性質和特色，真的不可一概而論。

第二節　漢字的複雜性

上節談漢字的特質，重點在探討它與拼音文字體系不同的性質，本節則重在說明漢字形、音、義之間的關係以及相關的種種問題。

〈一〉

漢字在形、音、義這三方面的關係上，是相當矛盾而複雜的。基本上，漢字雖然一字一個音節，一字一個意義，但因為它又是象形的表意文字，難免出現字形和音、義之間的矛盾。因此，一方面出現了一字多形、一字多音、一字多義的現象，另一方面卻又出現了多字同形、多字同音、多字同義的現象。例如同形而異音異義的字，叫「同形字」；異形而同音同義的，叫

「異體字」。在「同」與「異」之間，常產生許多糾葛。又因為漢字發展的歷史久，地區廣，使用的人數多，尤其從隸變亦即從篆書變化到隸書、楷書之後，已難看出原始象形文字的輪廓，所以這些現象顯得特別普遍而複雜。如果對於漢字的形、音、義沒有具備基本的認識，對於漢字的同形字、異體字，乃至繁簡字、同音字、古今字等等，缺乏相對的了解，那麼想要閱讀古書，或比較深入地認識古代的語言文化，就會有一定的困難。

于省吾在《甲骨文字釋林》的〈自序〉中曾說：

> 古文字是客觀存在的，有形可識，有音可讀，有義可尋。其形、音、義之間是互相聯繫的。而且，任何古文字都不是孤立存在的。我們研究古文字，既應注意每一字本身的形、音、義三方面的相互關係，又應注意每一個字和同時代其他字的橫的關係，以及它們在不同時代的發生、發展和變化的縱的關係。

要能夠明白每一個漢字在形體、讀音和意義三方面的相互關係，已不容易，能夠注意到每一個字和同時代其他字的異同，以及它們在不同時代歷經變化的過程，更非易事。李學勤就曾舉例說過，地支中的「子」字，商代作「[illegible]」或「[illegible]」，而「巳」字商代則作「[illegible]」，反而像是「子」字，這使得連晚清文字學家孫詒讓都曾經誤讀過；又比如《詩經》，原來用以歌詠，自然原是押韻的，可是其中有些用作韻腳的字，到唐、宋時代的學者已多茫然不解。不但古今字音已有很多變化，古今字義的變化也是如此。他還以清代阮元《經籍籑詁》卷一所收的「桐」字為例，說它除了作植物名、地名外，還有下列的一些較為罕見的解釋：

桐，痛也。（《廣雅・釋詁一》）

桐者，痛也。（《白虎通・喪服》）

桐，洞也。（《法言・學行》）

桐，讀為通。（《漢書・禮樂志》集注）

這些都是後代人所不熟悉的。這些字的古義，失傳已久，在文獻裡也找不到例證。可見要充分認識漢字的形音義，不能不注意到它們之間的相互關係，也不能不注意它們各自的變化。因此具備一些古文字學的常識是有用的。

〈二〉

基於此，為了幫助讀者，底下先參考現當代如蔣善國、洪成玉、張桂光等等一些學者的說法，舉例來說明漢字形、音、義本身各自的複雜性。

先說字形的部分。

漢字本來就以象形表意為主，畫成其物、隨體詰詘的結果，沒有一定的筆劃，也沒有一定的構造，加上不同時代、不同地域字形自然演變的因素，因此在秦以小篆統一文字之前，諸侯各國所用的漢字，形體上就繁複多樣，頗不一致。例如「馬」字和側立形象的「人」字，就有很多種不同的形態。秦時小篆雖曾加以統一，但仍然存有不少形體不同的異體字。《說文解字》所收的「重文」、「或體」、「俗字」，就是東漢時還通行的異體字。到了隸書、楷書以後，一些漢字偏旁的象形功能，經過隸變，已經逐漸消失了，一些形旁與聲旁已經失去了表意和標音的作用，常被幾種基本的筆劃所取代，表面上看起來，化繁為簡，似乎已漸趨統一，但隨之而產生的異體字，包括古體和今體，正體和俗體，繁體和簡體，卻更形複雜。因而使一般讀者在辨讀和使用時，造成或多或少的困擾。

例如：以小篆為例，奏（）、春（）、秦（）、奉（），這些字的上半形體源自不同的義符，在隸變以後卻被混同了。馬（）、鳥（）、魚（）、燕（）的尾巴或腳，和照（）一樣，在隸變以後，下面的偏旁都混同為「灬」四點的「火」了。又如：從（）、比（）、北（）、臥（）、危（）等字，在小篆中都含有「人」的形符，但隸變以後，卻分化為「人、匕、亻、卜、ク」等幾種不同的形體，原來表意的作用也不見了，讀者想要因形以知義，藉其形體而索解其義，已經很難。

語言文字是供大眾使用的，由於使用在不同時代、不同地區，自然同一個字、同一個詞，都有可能會因不同的時代環境、社會背景而產生不同的反應。例如同樣的營建器材「磚」，有人以為它是用黏土砌成的，所以加個「土」旁作「塼」；有人以為它是用砂土燒煉而成的，與瓦同類，所以加個「瓦」旁作「甎」；也有人以為它很堅固，像石頭一般，所以仍用「石」旁。「土」旁、「瓦」旁、「石」旁的磚，這些都是形聲字的形旁，也是義符所在，它們形體雖不同，卻指同樣東西。這在形聲字中較為常見。

不同的形旁固然可以通用，但也有表意不同的。例如「口」旁與「言」旁，做為義符時，咏詠、呲訛可以通用，但吃訖、喝謁則不可；「隹」旁與「鳥」旁做為義符時，雞鷄、雛鶵可以通用，但雅鴉、雊（雄雞鳴叫）鴝（鴝鵒專名）則不可。

另外，有些字的意符形旁可以互相替換，有些卻不可以。例如（下列各組的字，可以互換的用「—」號表示，不可互換的用「×」號表示。下同）：

呵—訶　迹—跡　注—註　熔—鎔

啖×談　逃×跳　活×話　炒×鈔

有些字的偏旁，可以上下、左右或內外移動位置，有些卻不可以。例如：

群—羣　鄰—隣　裏—裡　慚—慙

暉×暈　鄔×隖　裹×裸　忙×忘

顯然偏旁的組合，並沒有一定的規則。反過來說，偏旁中形旁、聲旁不相同的字，照道理說，自然音義也應該不同，但例如下列：

咬—齩　村—邨　暖—煖　妝—粧

雖然形旁、聲旁都不相同，卻又確確實實是同一個字。

即使是同一個字，有時候形體雖然相同，但卻可有好些個不同的讀音和詞義。例如「會」這個字，原來是「合」的意思，可是演變到現在，有人統計，它可以有四種不同的讀音、七種不同的意義：

（1）讀ㄏㄨㄟˋ(huì）時，有四種意義：

①能夠。表示一種行為能力。例如：「他會說英文。」

②可能。表示一種意志或心理揣度。例如：「今天下午他可能會出席。」

③集會。指一種組織或團體。如「宴會」、「演講會」、「工作會議」。

④見面。表示碰在一起。如「再會」、「會面」、「會師」。

（2）讀ㄏㄨㄟˇ（huǐ）時，指短暫的時間。如「一會兒」。

（3）讀ㄎㄨㄞˋ（kuài）時，是指計算管理。如「會計」。

（4）讀ㄍㄨㄟˋ（guài）時，是地名等專稱。如「會稽」。

這種一字多音、一字多義，換言之，同形而異音異義的字，就叫「同形字」。同形字多屬兩個或兩個以上不同音義的詞，因而在用以表達語詞時，容易把音義同時改變而產生混淆的情形，造成字和詞的分離。

〈三〉

其次談字音的複雜性。

就讀音而言，漢字既出現一字多音的異讀字，也出現多字同音的同音字。

上文說過，漢字之中，形聲字的數量最多，所佔的比例最大，因為形聲字同以某字為聲符的，讀音多相同或相近，所以同音字在漢字中所佔的比例也最多。上文也分析過，形聲字的形旁和聲旁，它們組合的形式，聲旁可以分別在左、右、上、下、內、外等等，既無固定的位置，亦無特別的標識，因此讀者對於有標音作用和沒有標音作用的偏旁，真的難以區別。加上形聲字中，常有「省形」或「省聲」，既無一定的規律，又無特別的標識，甚至有的偏旁本身就很冷僻，因此讀者實在不易辨認或加以應用。

同時，和上述字形一樣，讀音相同或相近的字，有時候可以互相替換，有時候卻不可以。例如：

琉—瑠　棲—栖　蝶—蜨　鞋—鞵

流×溜　萋×茜　楪×捷　佳×傒

前者的每一個組合，聲旁雖然替換了，但仍然是同一個詞義的字；後者替換後，卻又變成了另一個意義不同的字。

這不止牽涉到筆劃結構的多寡，也牽涉到隸變以後漢字形體結構的變化。一些聲旁和形旁已經變了樣，看不出原來標音和表意的作用了。例如：「布」小篆作「[illegible]」，「父」聲，隸變後的「ナ」，已經看不出「父」的標音作用了。「更」小篆作「[illegible]」，「丙」聲；「春」小篆作「[illegible]」，「屯」聲；隸變後，「更」、「春」都已看不出原來有「丙」、「屯」的標音作用了，所以造成了讀者辨認的困難。簡體漢字實施以後，更是變本加厲，一般讀者想要辨認漢字的讀音，真是談何容易！

加以時有古今，地有南北，同一個字，古今的讀音隨著語言的不斷變化，往往也就有了差異。同一個字可以念成兩個以上讀音的，叫「異讀字」，反過來說，原來不是同音字，卻又可能變成同音字。

一種情形是：古代的入聲字帶有p、t、k的韻尾，到了後來都消失了，分別歸到平聲、上聲、去聲裡去了，因此本來不是同樣讀音的字，也都變成同音字了。例如「權力」的「力」本來是入聲，「權利」的「利」本來是去聲，原是讀音不同的，但在現在的漢語中，都變成同音詞了。

另外一種情形是：本來是同音字，但因為做為形聲字的聲旁，受到語音變化的影響，也變成不同音了。例如「悲」和「悱」、「排」等等形聲字的「非」旁，本來「非」這個聲符是同一個讀音，但語音轉變的結果，卻變成悲ㄅㄟ（bēi）、悱ㄈㄟˇ（fěi）、排ㄆㄞˊ（pái）好幾個不同的讀音了。又如「江」、「紅」、「缸」、「項」、「貢」等形聲字也一樣。「工」旁原來同一個聲符，後來卻隨古今語音的變化，變成了好幾個不同的讀音了。更特別的是，有些專有名詞（人名、地名、官名、譯名等等）也都盡量保留一些古音，因而形成了多音字。例如金日磾（音「金覓低」）、葉縣（音「攝縣」）、僕射（音「僕夜」）、龜茲（音「鳩慈」）等等皆是。

〈四〉

最後說字義的複雜性。

漢字既以象形表意為基礎，因此六書中的象形字、指事字、會意字，其形體結構無不以此為依歸，以因形見義為造字的原則。不但如此，連形聲字中的形旁，通常也可以起到這樣的作用，因而我們從一個漢字的字面去推測它的意義，照道理說，似乎並不困難。不過，由於歷史悠久，幅員廣大，漢語在文字產生以前，已經非常發達，原始所創造的文字，僅僅能代表語言中該詞語的某一部分詞義，不足以涵蓋全部，所以才會產生上述一字多形、一字多音、多字多形、多字同音等等現象，也因此，後來的漢字不可能一字一義，必然也產生了一字多義、多字同義的現象。加上隸變以後的漢字，象形表意的作用喪失了很多，字形結構變化以後，詞義的引申和轉注、假借的應用，自然使這種情形更為嚴重，更為複雜。

因此一個漢字通常不止一個意義，往往有好幾個乃至一二十個不同的意義。除了最初根據事物的原形造字時所呈現的本義之外，其他都是引申義或假借義等等。衍申出來的後起義，這就叫做「一字多義」。例如「止」字，甲骨文作「」，金文作「」，原是足趾的象形，因形可以見義，這是它的本義；腳趾是用來走路的，它走到什麼地方，人就停留在什麼地方，所以它可以引申為「停止」、「停留」的意思。例如「貝」字，甲骨文作「」，金文作「」，原是貝殼的象形，指海洋中一種有介甲的動物，因形可以見義，這是它的本義；因為上古時代

以貝為幣，因而它可以引申為錢幣、財物。又例如「而」字，金文作「」，原是髯鬚所謂頰毛的象形，因形可以見義，這是它的本義；後來因為語詞發展的需要，它被假借為虛字連詞之用，它的本義也就消失不見了。

隨著語詞的發展和因應社會文化的需要，人事日趨紛繁，語詞文字的創造畢竟有其限制，因此有時候不得不用同一個字來代表不同的事物。一字多義，就是由此而來。了解字的本義固然重要，了解引申、假借而來的後起義也同樣重要。因為它們較之本義，有時有更多應用的價值。

詞義的引申，可以使字義擴大或縮小。例如，「江」原指長江，「河」原指黃河，引申以後可以擴大泛指一切河川。又如，「禽」可泛指一般鳥獸，「蟲」可泛指羽蟲、介蟲、鱗蟲等生物，引申以後卻可以縮小專指鳥類或專指昆蟲。詞義引申的結果，常會與字的本義越來越遠，也容易造成一字多義，同時造成多字同義。

字義的假借，也是如此。它多只是聲音上的聯繫，更易於造成一字多義和多字同義。本有其字的假借，一般也稱「通假」，由於種種原因，不用本字而臨時借用一個音同或音近的字來通融替代，不排除有音近而誤、或受特殊時空（例如方言）而習慣寫成的別字。例如《史記·

項羽本紀》的「旦日不可不蚤自來謝項王」，「蚤」借為早晨的「早」。《孟子．梁惠王上》篇的「頒白者不負戴於路矣」，「頒」借為頭髮斑白的「斑」。其他如伯霸、罷疲、燕宴、鄉向、驩歡等等，都是古書中常見的通假字。有時候古書中也有「本無其字」的假借，例如「辟」字本義指法度、法律而言，但它又可以借用為躲避的「避」、開闢的「闢」、邪僻的「僻」、譬喻的「譬」等等。

多字一義的字，叫「同義字」。主要是由於古今時代不同和地域不同，所使用的語言文字因而也隨之有了變化。這在古代早已有人注意到了，像許慎《說文解字》裡的「互訓」字，漢儒解經用的《爾雅》和揚雄的《方言》，都有很好的例證。

例如《爾雅．釋詁》的下面一則：

初、哉、首、基、肇、祖、元、胎、俶、落、權輿，始也。

這是以漢代當時的「今」言的「始」字，來解釋「初、載」以下的「古」語，說它們都是同義字。

例如揚雄的《方言》的下面一則：

凡物之大貌曰豐；龐，深之大也。東齊海岱之間曰夼，或曰幠；宋、魯、陳、衛之間謂之嘏，或曰戎。秦、晉之間，凡物壯大謂之嘏，或曰夏；秦、晉之間，凡人之大謂之奘，或謂之壯。燕之北鄙，齊、楚之郊，或曰京，或曰將。皆古今語也。

這是以漢代各地的方言，來彙輯「大」的同義字，有豐、龐、夼、幠、嘏、戎、奘、壯、京、將等等。它們既是地域不同的方言，也是時代不同的語言。

同義字的形成，多半由於語音本身自然的因素。例如人們見到壯大的事物，就自然會張大口腔，來摹擬其物象，於是自然而然發出龐大宏壯的喉音；看到微小的事物，自然也會發出尖小細碎的齒音。因此聲母韻母或聲符相同相近者，自然它們的意義也往往可以相通。聲母相同者叫做雙聲字，韻母相同者叫做疊韻字，聲符相同者叫做諧聲字。它們和其他一些音近的字，即使字形不同，意義仍多可通。所以凡屬牙音的，多有逼切、謹慎之意；凡屬舌音的，多有點擊、面對、回旋之義；凡是「之」類韻的字，多含挺出之義；凡是「陽」類韻的字，多含高大美明之義；而從「需」聲符的「儒」、「濡」、「懦」等字，多有「柔」之義；凡與「氐」同音的「地」、「底」、「低」等等，也多有可以相通的意義。所謂同源字，就建立在這樣的基礎之上。章炳麟〈轉注假借說〉有云：

> 語言之始，義相同者，多從一聲而變；義相近者，多從一聲而變；義相對相反者，多從一聲而變。

語義往往隨語音而演變，這也就是所謂「義隨聲轉」。我們從這裡也可看出同義字和轉注、假借的關係。

另外，由於詞義的引申和擴大，也可以使原來的非同義字，因詞義的衍申而變成同義字。例如「好」這個字，本義是「美也。从女、子」，可是，做為詞語使用時，它當美好的名詞講，可以和「善」同義；當喜好的動詞講，可以和「愛」同義；當形容的副詞使用，它又可與「真」、「很」同義。

〈五〉

上面就漢字形音義各自內在聯繫的複雜性，舉例加以說明，下面擬再就造成其複雜性的一些因素，選擇古今字、異體字等數項，就它們之間的外在關係，舉例再作進一步的說明。因分類的基準不同，所舉例子難免與上文有所重複。

一、先談古今字。

記錄同一個詞，先後在不同的時代，有時會用不同的字體來表示，這在古書中常常可以見到。通常文字學家把原先產生的叫古字，後來新造的叫今字。像《禮記．曲禮下》有「予一人」這句話，東漢鄭玄注云：「余、予，古今字。」意思是說：予、余都是「我」的自稱，用法古今雖有不同，但二者意義並無差別。他所說的「今」，自指漢代而言。可見分辨古今字，古人早已注意。所謂古今，是相對的名詞，並無定制，清代段玉裁說得好：「古今無定時，周為古則漢為今，漢為古則晉宋為今。隨時異用者，謂之古今字。」顧野王《玉篇》舉了很多例子，例如：

> 鎈，《說文》：「參，鎈也。」野王案，今為錯字，在金部。

又：

> 厝，《說文》：「厲，石也。《詩》云：他山之石，可以攻厝。」今并為錯字，在金部。

他所說的「今」，指南北朝時期，而「鎈」、「厝」則為「錯」的古字。可見在古代，這種情形已經非常普遍。

在先秦時，尤其是漢字剛剛草創的上古時期，漢字的數量還不多，一個字往往要兼具幾個意義，這種一字多義、語義分歧的現象，容易造成讀者理解的困難，所以為了更求語義的明確，後來就另造新字來分別代表不同的意義。於是產生了古今字的差異。

古今字的差異，有時候是由於使用習慣的改變，並沒有一定的道理。例如古義小病稱「疾」，大病才稱「病」，後來則混同起來。古義稱「盜」為「偷」，用法恰好與後來相反，所以後來稱「盜」為「小偷」，稱「偷」為「大盜」。「來」、「去」的古義是歸來和離開，後來的「去」，不一定指離開，也有指到達的。

古今字絕大多數在二者之間，有前後相承的關係，後起的今字，通常以原有的古字本義為基礎，主要是採用「形聲」的方式，保存了古字的聲符或形符，或增加偏旁，或改換偏旁，以示二者之間的區別。

為了說明的方便，可分為下列三類：

（一）增加偏旁的例子

例如「要」這個字，金文作「」，小篆作「」，本來就像一個人兩手叉腰的形狀，本義就是指人的腰部。《說文解字》解「要」為「身中」，身中即指腰部而言。《墨子．兼愛篇》說：「昔楚靈王好細要」、《荀子．禮論篇》說：「量要而帶之」，句中的「要」，都是指「腰」而言。「要」是古字，「腰」是後起新造的「今」字。就「要」做為「腰」的本義來

說，這是指身體的中央部位，也是身體的關鍵所在，所以可引申為事情的要害、關鍵。因而「要」解為「重要」，也是它原來就具有的引申義。我們可以這樣說，「要」的本義固指「腰」部，但也可引申為「重要」的意思。在它初創或早期使用時，它至少兼具這兩種含義，但後來為了分化辨認不同詞義的需要，就以「要」為聲符，另加有不同詞義的形符偏旁，創造了「腰」字來代替指腰部的「要」字。前者是原有的，叫做古字，後者是新造的，叫做今字。新加的形符「月（肉）」部，即新增加的偏旁，也說明了「要」做為「腰」在肉體上必備的條件。

這種以古字為聲符，增加形符偏旁而另造新字的例子，頗不少見。例如下列的古今字：

匈—胸	北—背	止—趾
奉—捧	采—採	卷—捲
屬—囑、矚	尊—罇、樽	支—枝、肢
益—溢	昏—婚	然—燃
莫—暮	知—智	取—娶
其—箕	匡—筐	孰—熟
共—供、拱、恭	埶—蓺、藝、勢	句—拘、笱、鉤、痀

每一組後面的今用字都是利用本義古字增加偏旁，分化而成的新字。其中像「趾」、「捧」、「暮」、「溢」、「燃」等等，都是形符重複增加的例子。另外還有一些字例，與此不同，而是以古字為形符，增加有表音作用的聲符而成新字的，例如自與鼻、囗與圍等等，這種例子比較少見。

（二）改換偏旁的例子

利用古字的聲符，改換古字形符而另造新字的例子，也頗不少見。例如「說」這個字，在先秦時本來就有「悅懌」和「談說」兩種意義。像《論語》的「學而時習之，不亦說乎？」（〈學而篇〉）、「非不說子之道」（〈雍也篇〉），句中的「說」字，音義同「悅」，都作「喜悅」解。有人說這是它原來的意義。「說」是由「言」與「兑」兩個偏旁構成，《說文解字》解釋「兑」說是：「兑，說也。从儿，㕣聲。」徐鉉卻說是：「㕣，古文兖字，非聲。當从口从八，象气之分散。」意思是說「兑」像人舒口氣，所以「說」也就是指人把氣藉言語口舌舒解出來的意思，因而有悅懌之意。《說文解字》未收「悅」字，據翟灝《說文考異》說：「古喜悅、論說同字。漢後，增从心字別之。」如此說來，「說」是古字，「悅」則是為分化辨識而後起新造的今字了。「說」用「言」旁作談說、論說用，「悅」用心旁表示喜悅由心底而生。它們的不同，不是增加偏旁，而是更換了偏旁。同樣的道理，像「辟」的本義是「法」，法之所在，宜於遵循，不可觸犯，所以利用「辟」的聲符，改換一些不同的偏旁，而成「譬」、「嬖」、

「闢」、「避」等等不同詞義的「今」字。

這種改換古字意符形旁而造今字的例子，亦不少見。例如下列的古今字：

被—披　藉—借　版—板　歷—曆

耦—偶　適—嫡　輓—挽　沒—歿

每組下面的今用字，都是改換古字的形符而成。另外也有一些字例，是利用古字的形符，改換古字的聲符而成的，例如撝與揮、蕃與藩等等都是。不過，這也比較少見。

（三）變易形體的例子

古今字的形體變異，有時不是增加偏旁、變換偏旁，而是整個變換了字體。例如「亦」甲骨文作「」，金文作「」，本來的形義是指人體的腋部，但後來它假借為語氣詞之後，就另造了一個同音新字「腋」來代替它的本義。

相同的道理，「母」甲骨文作「」，金文作「」，除了象形表意做為年長女性的稱呼之外，在甲骨文、金文中也早已做為「不要」詞義的否定副詞用，後來為了分化辨認，才另外造了「毋」這個新字來專用於「不要」的詞義。其他如：

伯—霸　飾—拭　不—丕　丸—圜
罷—疲　志—識　闕—缺　砲—炮、礮

都可歸入此類。

從以上的例證中，可以明白古今字的產生，或由於詞義的衍申，或由於字形的假借，不僅與詞義的引申和分化有關，而且也與假借和通假的關係相當密切。

上文說過，「假借」是「本無其字」，借用同音字來記錄意義抽象的新詞，像「亦」本義是「腋」，假借為「也是」的詞義之後，借用既久，它與「腋」的關係也就固定下來了。「通假」則是「本有其字」的假借，字音雖同，借字與本字的字義卻無必然的關係，所以通假字如倍背、畔叛等等，通常只是書寫者在偶然的情況下，暫時借用音同或音近的字而已。

古今字通常是「本無其字」的假借，它們的產生，是由於時代的不同或詞義的分化。古字和今字之間，在字義上必然有繼承的關係，一般而言，今字產生之後，古字中的某些詞義就被分去了，像「要」和「腰」、「說」和「悅」分化以後，該用「腰」或「悅」時，很少人會再用其古字。通假字中的本字與借字，在某些時候可以並存共用，不必有先後繼承的關係，二者在本身的形義上，也不必有一定的聯繫。

二、其次說異體字。

異體字是指兩個或兩個以上的字，彼此之間，形體有別，但音義則完全相同。它和通假字的不同，在於通假字只要音同或音近即可，詞義上不必有必然的聯繫，而異體字則必須讀音與意義完全相同。它和古今字的不同，在於古今字因時代的先後不同而使詞義有所變化，不可任意替換，而異體字則可同時並用，在任何情況下，都可互相替換，音義不會發生變化。

異體字的產生，常受時空因素和人為因素的影響。因為文字既非一人所造，書出眾手，各有風格，文字的形體本來就難以統一，不同的時代，不同的地域，人們為同一個詞可以創造出兩個或更多的字來，這是很自然的事情。因此殷周時代的甲骨文和金文，字體尚未定型，同一個字有好多個不同的形體。戰國時代，「諸侯力政，不統於王」，諸侯各國「言語異聲，文字異形」，異體字的紛繁，也是自然的發展趨勢。到了秦始皇實行「書同文」的政策，仍然不能徹底禁止異體字的使用。我們從上文的論述中，知道小篆是秦朝經過整理、通令使用的字體，雖然基本上定了型，但也無法使天下文字統而一之。後來小篆演進為隸書，隸書演進為楷書，雖然文字形體的演變，到了漢代以後，越來越趨於規範化，但都由於使用漢字的人太多，不同的時代，不同的地域，實在不可能要求大家都遵守規範。因此，異體字不斷的產生和使用，是很自然的現象。

歷代的字書中，便收錄了不少異體字。例如《說文解字》中的：

時—旹（古文）　嘯—歗（籀文）　法—灋

玩—貦　氛—雰　球—璆

《玉篇》中的：

疆—畺、壃　體—躰、軆

每一組最通行的上面那個字，稱為「正體」，其他的稱為「異體」或「或體」。到了清代的《康熙字典》，據後人統計，所收的古代異體字，已近一萬組。可見異體字在古代漢字中使用的普遍。

從形體結構看，異體字和形聲字的關係最為密切。它們無論是正體或異體，多為形聲字，或者說是形聲字和象形表意文字（象形、指事、會意）的不同組合。

在同為形聲字之中，有些類別相近的形符，是可以通用的。其中又有下列幾種不同的類型。有的是形符不同而意義相通，例如：

盃—杯　考—攷　鋪—舖　阪—坂　頖—脖

嘆—歎　咏—詠　猫—貓　唇—脣　睹—覩

遍—徧　瓶—缾　暖—煖　侄—姪　歌—謌

有的是聲符不同而讀音無別，例如：

褲—袴　猿—猨　綫—線　烟—煙　吃—喫

搗—擣　繡—綉　俛—俯　粽—糉　時—旹

踪—蹤　确—確　勛—勳　粮—糧　韻—韵

有的形符聲符雖都不同，但形符意義或聲符讀音卻相近的，例如：

妝—粧　盌—碗　霉—黴　創—刱

迹—蹟　村—邨　暖—煖　炮—礮

以上同為形聲字的三種類型，以前二種最為常見。

至於在形聲字和表意文字組合的例子中，有的是一為象形，一為形聲，例如：

傘—繖（傘，是雨傘的象形；繖，則是「从系，散聲」的形聲字）

艸—草　珡—琴　韭—韮

有的是一為會意，一為形聲，例如：

泪—淚（泪，从目从水會意；淚，則是「从水，戾聲」的形聲字）

岩—巖　羴—膻　昏—昬　埜—野　鬥—鬪

由形聲字與指事字組合的，最為少見，窮力尋找，也只找到「刅」與「創」一例而已。

形聲字之外，有的只是把偏旁的位置加以改變而成，例如：

（1）上下結構變為左右結構

峰—峯　略—畧　群—羣　慚—慙　胸—胷　棋—棊

（2）左右結構互相交換

夠—够　和—咊

（3）內外結構位置改變

闊—濶　匯—滙

（4）部分結構位置改變

花—苍　雜—襍　厀—膝　檐—簷

也有的只是筆劃的些微不同，例如：

冊—册　皀—阜　亡—亾　冉—冄

朵—朶　氷—冰　兎—兔　凡—凢

上面所舉的例子，與前述漢字形音義內在聯繫所舉的例子，偶有重複處，那只是分類的基準不同，難以避免，也不必避免。比較麻煩的是，古今字體演變過程中，有些字是因書寫的錯誤而積非成是。例如「卻」字本來从卩，谷聲，隸變後，「谷」訛作「去」；「恥」字本來從心、耳聲，楷書因「心」、「止」形近，誤「心」為「止」。「廚」、「廁」、「廈」、「廂」本來都從「广」部的，後來也都因形近而訛作「厂」部了。有些字原來通用，如「馭」是「御」的古文，但後來「馭」多作駕馭用，不能作進獻侍奉的「御」字用。也有的原來不同字，因音近借用，竟然沿用久了，也變成了異體字。例如「修」原指修飾，「脩」原指乾肉；「歡」是喜歡，「驩」是馬名，借用久了，竟然都被混為一談了。

三、最後談到繁簡字。

繁體字和簡體字的差別，在於筆畫的多少。從形體不同的角度看，它們也可算是異體字，而且與古今字也有密切的關係。

有人以為形體的簡化是漢字發展的歷史規律，這是就隸變以後而言的，如果指的是楷書、行書、草書等等，或是民國以來推行的簡體字運動，確實如此，但如果衡以小篆以前的字體，則恐不然。像「雲」原來甲骨文作「」，金文作「」，到了小篆作「」，簡體字卻又作「云」，反而與殷、周文字相近。這可以說是「復古」嗎？

其實每一個朝代，每一個地區，甚至每個人，都會同時使用繁體字和簡體字。正式莊重的場合，多用繁體正體，講求便捷的場合，則多使用簡體俗體。這並不意味著對簡體俗字有貶抑的意思。它們使用起來，方便、快速、通俗，自有其實用價值，不像繁體字雖然比較符合造字的原形原義，易讀易認，但寫起來畢竟繁瑣得多。

不過，要閱讀古書，仍然必須熟悉繁體字，了解繁體字和簡體字的對應關係。

簡體字通常是據繁體簡化而成的，有的是採用古體，如「云」（雲）、「电」（電）之類；有的是採用俗體，如「体」（體）、「声」（聲）之類；有的是採用草書，如「为」（為）、「东」（東）之類；有的是刪減原字的部分形體或偏旁，如「号」（號）、「丽」（麗）、「术」（術）、「阳」（陽）等等；有的則是參照會意、形聲的造字方法，改造形體，如「尘」（塵）、「惊」（驚）、「响」（響）、「洁」（潔）等等。最容易令人感到混淆的，是假借他字或好幾個字共同簡化為一個同形字，前者如假借「几」作「幾」，後者如「乾」、「幹」、「榦」、「干」都同樣簡化為「干」。「几」原義是几案，與「幾」不同。「乾」是指乾燥，「幹」是指才幹，「榦」是指樹榦，「干」是指干戈，原來意義並不相同。混同以後，難免會滋生一些閱讀上的困擾。尤其是在閱讀古籍的時候。

因此，閱讀用簡體字排印的古籍，要特別注意繁體字和簡體字的對應關係。「發」和「髮」同樣簡化為「发」，「壇」和「罈」同樣簡化為「坛」，「臺」、「檯」和「颱」同樣簡化為「台」，都很容易令人發生誤解。

另外，在古體字和今體字、同形字和異體字的對應關係中，還有兩種情形也應該特別注意。一是同形造成的。有的簡體字，其實和古代的某個字，是音義不同的同形字，現在卻混同了。例如「叶」和「葉」：「叶」音ㄒㄧㄝˊ(xié），古通「協」，是和、合的意思；而「葉」音

ㄧㄝˋ（yè），本義是草木植物的葉子。二者的形音義，原來都是不同的。又如「聖」和「圣」字：「聖」，耳目聰明，通達事理，是形聲字。《說文解字》說是：「通也。从耳，呈聲。」「圣」，據《說文解字》說：「汝、潁之間，謂致力於地，曰圣。从土从又。讀若兔窟。」可見它原是古代汝、潁間的方言，音義同「掘」，是會意字。二者在古籍中形音義殊異，現在卻混同了。

另外的一種，是同音造成的。有些繁體字和簡體字，本來形義並無關係，但因讀音相同或相近，就歸併成同一個簡體字了。例如後來、前後的「後」，和帝后、皇后的「后」，在《說文解字》裡，一指「遲也」，一指「繼體君也」，形體不同，意義也各不相關，但現在的簡體字卻混同為「后」了。試想想，如果由簡體還原為繁體時，把「皇后」寫成「皇後」，會鬧出什麼笑話！這樣的例子並不少見，例如「醜」和「丑」、「徵」和「征」等等皆是。

因此，想要了解古代漢語，認識古代漢文化，不能不多讀些古書，從中多學一些古文字，以期具備一些基本的國學常識。

第三章　古漢字的形體——甲骨文

以下兩章依序介紹古文字在形體上的演變過程。第三章主要是介紹甲骨文。第一節甲骨文概說，第二節甲骨文示例解說。

上文說漢字有古今之分，那是從字的形體來說的。漢字的形體，隨著時代的進展，為適應使用者的需求，經常會發生變化。或因時代不同而變化，或因地域不同而變化，也可能因書寫者的身分和書寫工具方法的不同而變化。變化的原因，歸納起來有兩種：一是自然的趨向，一是人為的力量。前者是漸進式，是自然而然的演變；後者是有意識的改造，通常由統治者來推動。變化的形態也有兩種：一是字的結構，一是字的筆勢。前者指字的形體結構，簡稱字體；後者指字的筆畫姿態，簡稱書體。研究者根據這些因素，把漢字分為古文字和今文字兩個大階段。

古文字和今文字以秦代為分水嶺。古文字指秦代的篆書以前，以象形為主的表意文字，包括甲骨文、金文、籀文、「古文」等等，包括小篆在內；今文字則指秦代的古隸之後，以表意為主而兼標音的文字，已經逐漸脫離象形的籠罩，包括漢代以後興起的隸書、草書、楷書、行書等等。可以說，從秦、漢之際篆書到隸書的變化，就是古今漢字演變的一個重要轉捩點。

秦代的篆書包括大篆和小篆。小篆是秦始皇統一天下以後，有鑑於當時文字的分歧，採用丞相李斯「書同文」的建議，以「大篆」為基準所改造的字體。在此之前，由於秦始皇焚書坑儒，不但殷商以前的古代文獻難以徵驗具體的情況，即使是殷、周以迄戰國時代的文字資料，亦多付之闕如。目前我們所能看到的最具代表性的先秦古文字，最早的是殷商時代刻寫在龜甲獸骨上的甲骨文，其次是西周、春秋時代鑄刻在青銅器上的金文，以及春秋、戰國時代通行於秦國的籀文，和通行於六國的「古文」。

大篆，與小篆對稱。有人說專指周宣王太史籀所編定的「大篆」《史籀篇》十五篇，所以又名「籀文」，但也有人以為大篆是統稱，應該包括甲骨文以後通行於秦國的所有古文字。理由是：從甲骨文、金文而籀文而秦篆，在字的形體結構上，大都以象形表意為主，並沒有重大的差異。這個理由是有道理的，所以下文我們將依序來介紹古文字在形體上的演變過程。

首先，介紹甲骨文和金文。殷商和周代都有甲骨文和金文，目前我們還沒有充分證據說甲骨文和金文有前後必然的承繼關係，因此這裡分述甲骨文和金文，只是強調它們在殷、周二代，各自以數量多見，足為朝代的代表而已。

第一節　甲骨文概說

〈一〉

甲骨文是清光緒二十五年（一八九九）在河南安陽小屯村發現的。這個地方在洹河之南，是商朝第十九代帝王盤庚從奄（今山東曲阜）遷都的所在。盤庚遷都以後，一直到紂王亡國，歷時二百七十三年（一說二百五十四年），殷商一直建都於此。這個地方也就是《史記．項羽本紀》所記項羽與秦軍對抗的洹水之南的「殷墟」。

殷人一向迷信鬼神，統治者遇見祭祀、天象、戰爭、田獵、疾病、生子等等重大事件，按例都要占卜用卦來問吉凶；占卜之後，就把占卜的內容和有關的事情，用文字刻寫在諸侯進貢或當地採集的龜甲獸骨上。祭祀之事，通常用龜甲，田獵、戰爭之事，則多用獸骨。

這些刻寫在龜甲獸骨上的古文字，隨殷商的滅亡而沉埋地下，秦、漢以來，已無人知曉。清末出土以後，經過王懿榮（一八四五～一九〇〇）、羅振玉（一八六六～一九四〇）、王國維（一八七七～一九二七）等等專家學者的鑒定、研究和考證，才確定它們是距今三千多年前的古文字。這也是目前所發現的、確定時代最早的漢字，所以備受世人重視。

因為它們刻寫在龜甲和牛鹿等獸骨上，所以有人稱之為「龜甲獸骨文字」，簡稱「甲骨文」；因為它們的刻辭內容，多為占卜之辭，所以有人稱之為「貞卜文字」，簡稱「卜辭」；因為它們的書寫形式，多用筆寫刀刻，所以有人稱之為「書契文字」，簡稱「契文」；又因為秦、漢以後，殷都遺址早已成為一片廢墟，所以有人稱之為「殷墟卜辭」或「殷墟書契」，簡稱「殷契」。

除了河南安陽之外，後來在山西的洪趙以及陝西的岐山、扶風所謂古代周原等地，也陸續發現了一些新出土的甲骨文，文字較為細小潦草，被認定是西周時代的產物。所以有人稱為「周原甲骨」。

迄今為止，出土的商周甲骨約共十幾萬片，可以辨識的字，已達一千五百字左右。它們雖然不是最原始的漢字，但從它們的形體結構上，仍然可以推測出漢字原始創造時的大概情況。

〈二〉

從甲骨文的字體及書體形態上看，我們可以發現有如下幾個特點：

（一）圖畫的性質很強

頗有一些甲骨文字，一看即知它們原來是什麼事物的象形，尤其是動植物及器物之類。它們雖然不是最原始的象形字，但卻可告訴我們：漢字是從「近取諸身，遠取諸物」、「依類以象形」開始的。而且，由於甲骨文是用刀器刻在堅硬的甲骨上，線條容易瘦細方折，對實體僅現輪廓而不能填滿，因此凡是圓形的事物，容易刻成線條方形，也因此這些線條化、符號化的象形字，大多需要靠讀者自己去辨認，因其形以窺其意。

（二）字的形體尚未定型

甲骨文中異體字很多，這是象形文字產生過程中一種必然常見的現象。姜亮夫《古文字學》即曾根據中國社科院考古所的《甲骨文編》，列出鹿、羊、鳳等字的不同形體，來說明甲骨文的形體特色：形體繁簡不定，部位正反不定，偏旁不定。事實上，象形字的創造，是不可能完全象事物原形的，主要的關鍵在於把握事物的典型特徵，能夠使讀者因形而見義就可以了，不必纖毫畢現。例如牛畫直角，羊畫彎角，馬畫長鬃，象畫長鼻。又如「牢」這個字，在甲骨文中，原有「牢、宰、寓」等等不同的字體：

（牢）　（宰）　（寓）

這些字的「」，象外圍的形狀，用來表示關住牛羊馬等等家畜的藩籬柵欄，猶如後世的牛圈、羊圈、馬棚之類。本來關在圈子裡的家畜，可以是牛，也可以是羊是馬等等，並不是非牛不可。但因為造字要化繁為簡，牛是六畜之一，最為大物，所以後來大家就以牛來做為六畜的代表了，而以「牢」概括其他。同樣的道理，「牡」、「牝」這兩個字，原指公牛和母牛，但甲骨文作：

（牡）

（牝）

以「丄」表示陽性，以「」表示陰性，公羊母羊、雄馬雌馬、甚至犬豕鹿等等，也都分為陰陽雌雄，各自成為不同形旁的異體字。後來大家約定俗成，也才都以從牛旁的「牡」、「牝」來概括。但那顯然不是甲骨文時代即已統一的現象。

除此之外，字的偏旁部分和筆劃多寡，在甲骨文中也比較多樣化。例如「目」這個字，可以寫成「」，也可以寫成「」；又如「卜」這個字，原來就是殷人卜法的象形。占卜前，先在甲骨的背面鑽鑿孔洞，使它變薄；占卜時，燒灼鑽鑿處，甲骨的正面就會出現不同形狀的裂紋。「卜」，就像裂紋的形狀。它的讀音也同樣取自燒灼時的聲響。它既可寫成「卜」，亦

可反寫或倒寫，寫成「」、「」、「」等等不同的形體。同樣的，古人常用以祭祀的「羊」也一樣。它可寫成「」、「」，也可以寫成「」、「」或「」、「」。正反側倒的形狀，繁簡增刪的筆劃，都無礙於讀者對該字的辨識。易言之，讀者仍然可以因其象形而得知其意。用上文的話來說，這些都是文字自然的演變。

不過，在由單體的「文」到合體的「字」、由單體的象形到合體的會意的演變過程中，有些甲骨文字難免會因未定型而發生形體或意義互相混淆的現象。例如前面說過的「比」和「从」（從）字，還有「山」與「火」字也一樣。甲骨文「山」作「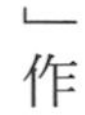」，「火」作「」、「」，都是實物的象形。它們的分別，似乎只是「山」字的底線橫平，而「火」字的底線彎曲，但二者的形體實在太像了，難免相混。有人說甲骨文中「山」字罕見，或許即與此有關。

另外，由「羊」組成的會意字，有由三個羊組成的「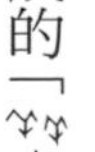」字，也有由四個羊組成的「」字，都可形容是很多羊，即群羊的意思。甲骨文的「漁」字也一樣。有從一個魚旁的，也有多至從四個魚旁的。結構形態不同，意義也應有差別：

這些形體相似的漁字，未必詞性相同。除了做為名詞之外，它們可能已有捕魚、釣魚、網魚等等不同的含義了。

（三）有連文合書的現象

連文合書，或稱合文。一般而言，漢字的書寫通常是一字一格，很少有兩三個字合寫在一格之內的，可是甲骨文卻有這種情形。例如把「大乙」寫成「」，把「小祖乙」寫成「」，把「三月」寫成「」，把「十月」寫成「」，把「十二月」寫成「」或「」、「五牢」寫成「」或「」等等。這種合文現象，通常見於人名、數字和月份。表現的方式頗為複雜，把兩三個字詞合刻在一起時，左右上下、順向逆向的都有。不過，仍以左行直書、由右向左的方式，最為常見。後來的金文、石刻和竹帛文字等等，也大都如此。

（四）有同形異字的例子

上面第三項說的是兩三個字合文，形體如同一字，這裡指的則是兩三個字之間，從形體上看，雖然如同一字，但它們卻各有不同的意義。

上文提到的「山」與「火」，在甲骨文中，二字的形體過於近似，容易相混，有人就以為這也算是同形異字。關於這一點，尚有待商榷，暫且不論。但上文亦曾提及的「比」和「从」（從）二字，在形體結構上都是一人在前，一人在後（魯實先以為甲骨文的「比」，象兩隻湯匙並列之形），衡以殷商卜辭不拘方向、左右通行的慣例，在甲骨文初期相混用，同為一字，是可以理解的。它們的分化，應是後來受到詞義和語法需要加以區別的緣故。

同樣的情形，變化的「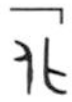」（音義同「化」），和「匕首」的「匕」（音義同「妣」），在甲骨文中，字體都可寫成「」，它們的分化，應該也是後來的事。

至於甲骨文中，「子」和「巳」二字，都曾寫成「」或「」，「月」和「夕」二字，都曾寫成「」或「」，「甲」與「七」二字，都曾寫成「十」，有人也都以為那就是所謂的同形異字。

（五）已由表形趨向表音

甲骨文的符號體系，基本上是以象形表意為主，但有些不但已由單體的象形邁向合體的表意，而且有的已有表音的趨向。像「冓」這個字，甲骨文初期的寫法原作：

有人說，它象屋架兩面對構的木頭，即兩木在屋上結構，本義是締交構造；也有人說它象兩魚水中相遇，是「遇見」的意思。這是古文字解讀時常見的一種現象：同一個字體，卻作不同的

解釋。有的訴諸理性，言之有據；有的則失之過於望文生義，妄加猜測。根據後來東漢許慎的《說文解字》，解釋「冓」為：「交積材也。象對交之形。」顯然認為「冓」就是兩木構造的「構」；但《說文解字》解釋「遘」時又說：「遘，遇也。从辵，冓聲。」可見它又確有遇見的意思。其實，屋樑間的兩個木頭對面交構，固然可作構造、結構解釋，但它又何嘗不是意味著兩木相遇。換句話說，「冓」和「遘」二字之間，形體相同的部分，其意義也應有相通之處。

古文字學者董作賓先生，根據甲骨文出土的坑位、卜辭的內容和字形書體等等，將自盤庚至紂王為止的甲骨文，即公元前一三〇〇年至公元前一〇四六年左右，按時代先後，分為五個時期。我們據此可以在目前已經辨認出來的甲骨文字中，發現第二期以下至第五期之間，有下列與「遘」有關的幾個字體：

二期　二期　三期　三期　五期

「彳」是表示行道的符號，「」、「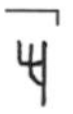」、「」，即「止」，是足（辶）的別體，表示用腳走路的符號。所以由它們與「冓」合體構成的字，也就有了其表意的作用。像「遘」，它不只是在路上走，而且還有在路上遇見之意。它用來表示路上遇見。其語義與屋上兩木結構的「冓」，已有不同，與水中兩魚相遇的「冓」，也有所不同。這與後來「冓」加上「木」旁變

成「構」，加上「水」旁變成「溝」等等，都是一種分別字義造字的過程。可是它們的讀音，卻都仍與「冓」相同。因此，可以這樣說，這些不斷合體構成的新字中，原來用象形來代表意義的符號，所謂義符，有的已經變成兼有聲符的作用了。

又如「物」這個合體字，它在甲骨文中也有幾個不同的形狀：

一期　二期　三期　四期

不管字體結構的偏旁如何移動，它由「牛」與「勿」合體構成的關係是不變的。牛是六畜的代表，上文已經說過，此不贅論。「勿」除了寫作「」之外，在甲骨文第一期，也有寫作「」的。有人說它是象古代一種色彩駁雜的旗帶，所以也用它來指雜色的牛、雜色的帛，或各種不同顏色的雲氣，並且由此而引申為萬物的代稱。

另外也有人以為甲骨文「勿」象刀頭的形狀，猶如刀刃的刃一樣，其中的兩三點筆劃，正用來表示揮刀時所濺散的血滴或粘附的碎屑。所以它在甲骨文中，可以用來指動詞的「屠殺」，或名詞的「無關緊要的事物」，也可以引申假借為否定副詞的「莫」，而有「不可」或「不要」的意思。因此這個由「牛」與「勿」合體構成的字，左邊的偏旁「牛」是形符，也是義符。而

第二節　甲骨文示例解說

（依原件、釋文、今譯、說明為序。下同）

〈一〉令雨

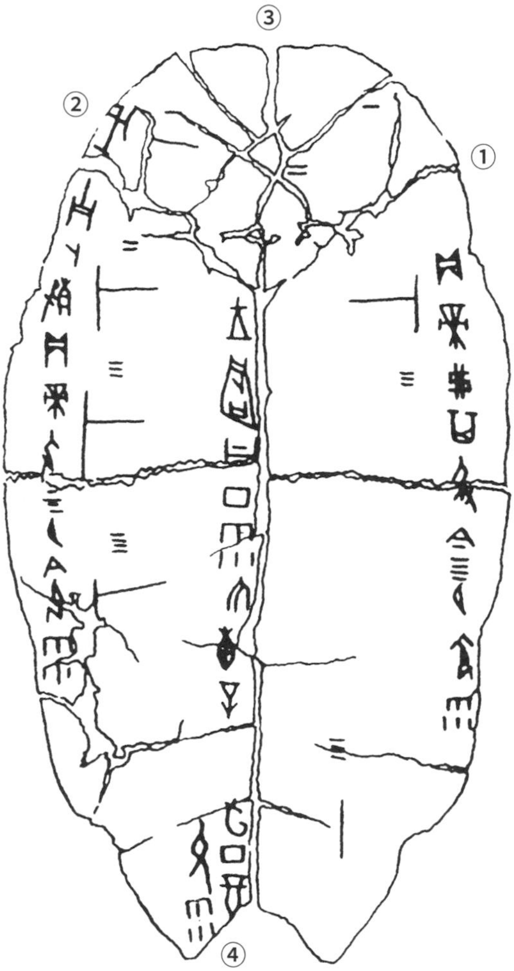

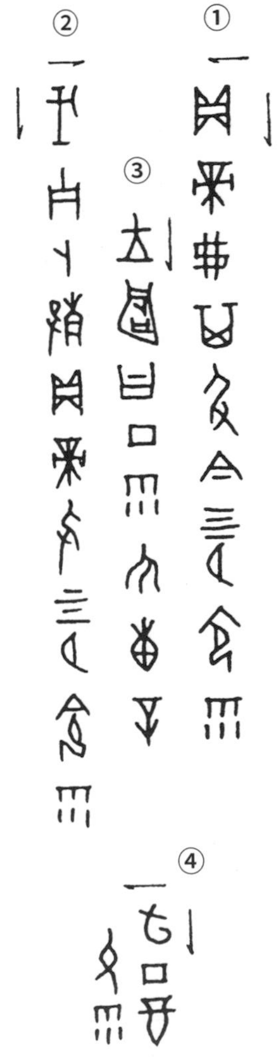

【釋文】

① 戊子卜，殼貞：「帝及四夕令雨？」

② 貞：「帝弗其及今四夕令雨？」

③ 王占曰：「丁雨，不叀辛。」

④ 旬丁酉，允雨。

【今譯】

① 戊子這一天占卜，貞人殼問道：「上帝到第四天晚上會下令降雨嗎？」

② 又問：「上帝將不會在這一旬的第四天晚上，下令降雨吧？」

③ 時王武丁占視了兆象判斷說：「遇到丁日會降雨，不會降在辛日。」

④ 第十天丁酉日，果然降雨了。

【說明】

這一篇甲骨文，最早著錄於董作賓《小屯・殷墟文字・乙編》三〇九〇版，後來收入郭沫若、胡厚宣主編的《甲骨文合集》一四一三八版。按照董作賓的《甲骨文斷代研究例》，以貞人㱿來推斷，本篇當為殷商前期武丁（第二十三代商王，公元前一三三九～前一二八一年在位。甲骨文第一期）時的卜辭。這也是一篇殷人祈雨的完整記錄，最符合卜辭的文例格式。

卜辭的文例格式，按照唐蘭的歸納分析，通常包括：一、前辭，或稱敍辭，交代貞人（即占卜人）占卜的時間（日期），和貞人的名字，有時候還在文末署明地點和日期，有人認為可以獨立於前辭之外，稱之為署辭；二、命辭，交代貞問的事情；三、占辭，卜兆所顯示的吉凶兆象；四、驗辭，占卜之後所記錄的應驗結果。像這一篇〈令雨〉所記的四個片段，依序是：一、時間包括戊子、四夕、丁、辛等等，地點因在國都城內，可以省略。而人物則有貞人㱿和當時的殷王武丁；二、事件是貞問上帝是否命令降雨；三、經過㱿貞二次，時王武丁也驗看了兆象；四、結果是恰如武丁所驗，在第十天丁酉這一天下了雨。可見這確是一篇最典型的卜辭記敍文體。

古人以干支紀日，從甲骨文的記載裡早已可以看到。十個天干的甲乙丙丁戊己庚辛壬癸，配合十二地支的子丑寅卯辰巳午未申酉戌亥，依序排列組合，可得六十個固定的干支名稱。始自甲子，終於癸亥，周而復始，可至無窮。古人以此來記天文曆法，對古代農業生產活動幫助很大。

這篇卜辭第一段記載占卜的時間，是戊子這一天。占卜的貞人名字叫做㱿，他是商王武丁時期一位著名的史官，掌管占卜祭祀，在甲骨文中常可見到他的名字。這一天他占卜請示天神上帝，是否會「及四夕令雨」。及，是「及時」的意思。「四夕」的「夕」，在卜辭中與「月」同形難分，一般多以「」為月，以「」為夕，因此有人主張這裡的「四夕」，應該解為「四月」。四月按照當時曆法，正是農忙春種之時，所以貞人才會祈求及時下雨。不過，因為下文第三四段中，有提到「丁」、「辛」、「丁酉」等等用干名紀日的字眼，而且推算起來，前後脗合，所以有人主張仍作「四夕」（四個夜晚）為宜。令雨，就是命令降雨、下雨。「令雨」二字帶有動詞的意味。

第二段也是殷墟卜辭中經常可以看到的一種現象。在同一塊甲骨上出現兩條卜辭，正反貞問，左右成對。問的是同樣的一件事，這就叫做「對貞刻辭」。例如前者問：「西土受年？」後者則問：「西土不受其年？」受年，就是得到好收成的意思。前者是正問，後者是反問，這是通例。「其」字不作本義的「箕」用，已假借為將然之辭，表示「將會」、「可能」的樣子。

第三段的「王占曰」是卜辭中常見的成語。「王」字，武丁時期作「」，後來在祖甲時期作「」，到了帝乙帝辛時期作「」。後世才訛變為「王」。「」是「占」的古字，許慎《說文解字》：「占，視兆問也。从卜从口。」可見「口」外圍象卜骨的形狀，「卜」象

卜兆的形狀，「从口」則表示看了兆紋的形狀問。「曰」从口，上加一指事符號，是指事字，象話從口出，有取決、判斷的意思。這裡的王，當然是指當時的殷王武丁。

「丁雨，不叀辛」二句，是時王武丁的占辭。他看了貞卜的兆象以後，最後判斷說：「丁酉日會下雨，辛卯日不會下雨。」為什麼知道「丁」指丁酉日，而「辛」指辛卯日呢？這是對照前後文得來的結果。上文第一段既說占卜日是戊子，按干支紀日向後推算，第二日為己丑，第三日為庚寅，到第四日即為辛卯；再往後推算，依序是壬辰、癸巳、甲午、乙未、丙申，到第十天正是丁酉。這也正好與下文的「丁酉允雨」的記載相合。「叀」同「唯」。「不叀」就是「不中」、「不合乎」的意思，作否定副詞和語助詞用。

第四段記的是驗辭。「旬丁酉」的「旬」，據王國維的考證，指曆法的一個單位。自甲日至癸日為一旬，共十天。殷人迷信，通常會在一旬的最後一天，卜問下一旬自甲日至癸日十天內的吉凶，因此在卜辭中常常出現「」（旬亡（無）禍，意即「未來十天沒有災禍吧？」）這樣的成語。

這裡說：到了下一個旬日的丁酉那一天，果然像武丁所占斷的那樣，下了雨。「允雨」的「允」，固然有「果然」、「信然」之意，但也和上文「帝及四夕令雨」的「令」字，有前後呼應之妙。祈求上帝命令降雨，上帝果然允許降雨了，從中可以看出殷人對上天的敬畏之情。

校後補記：吳俊德教授以為「今四夕」當作「今四月」。合情的理解應是：卜問日（戊子）、辛日皆在三月，丁酉已入四月。主要是問帝令雨會不會延續到四月。錄此備考。

〈二〉雨從何方來

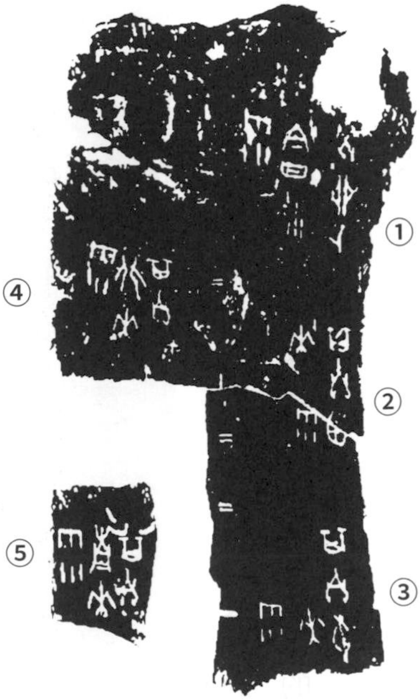

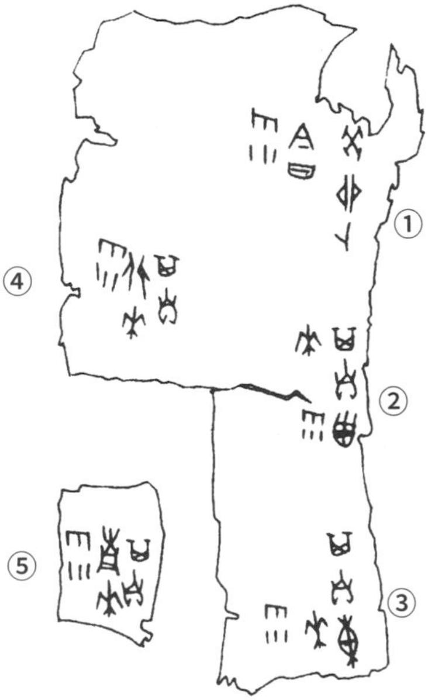

【釋文】

①癸卯卜，今日雨？

②其自西來雨？

③其自東來雨？

④其自北來雨？

⑤其自南來雨？

【今譯】

①癸卯日貞卜問：今天會下雨嗎？

②那會是從西邊來的雨？

③那會是從東邊來的雨？

④那會是從北邊來的雨？

⑤那會是從南邊來的雨？

【今譯】

① 已丑這一天占卜。貞人殼問道：「第二天庚寅，婦好會分娩嗎？」

② 又占卜問道：「第二天庚寅，婦好不會分娩嗎？」時間是在一月。

【說明】

婦好，是商王武丁的妻子。她的名字和事蹟，常出現在甲骨卜辭裡。據估計，有關的記載約有兩百多條。她不但能主持王室宮廷中隆重的祭祀活動和占卜儀式，像卜辭中「貞婦好侑告於多妣」一條，寫她以酒祈福來為多位祖母舉行侑祭；「婦好燎一牛」一條，寫她架柴燒牛來對神靈舉行燎祭，都是明顯的例證。而且她還能帶兵出征，參與當時對抗土方、巴方、夷方、羌方、鬼方等等方國的戰爭，立下不少汗馬功勞。可謂文武雙全，才貌兼備。因此，武丁對她極為敬愛。在她分娩產子前，在她打仗歸來時，卜辭中都曾留下了武丁為她占卜，「貞婦好娩」、「乎婦好食」等等的記錄。尤其一九七六年考古工作者在安陽小屯的洹河南岸，發掘到婦好的墓室，出土了「司母辛」（即婦好死後的廟號）青銅方鼎等等寶器，更為婦好在當時的地位和名望，提供了更多的實證和物證。

著錄在這裡的「婦好娩」甲骨文，首見於王襄《簠室殷契徵文．祀典》一一六版。李圃

《甲骨文選注》曾經選入，但標題為「婦好冥」。主要的原因是對「」這個字的認知不同。王襄的《簠室殷契徵文》印行於一九二五年，他把牛骨上的這兩條卜辭，歸在「祀典」類，後來郭沫若、唐蘭據以解釋，都把這個字解釋為「冥」。李圃可能受了他們的影響，也就定之為「冥」了。

雖然李圃在注釋時也說，「冥」即後世之「㝃」，今字從女作「娩」，蓋「冥」取陰陽轉化之義，懷胎於內為陰，分娩於外為陽，但他仍然認為在卜辭中，「㝃」（毓，育）與「」有別。毓、育為婦女生育之義，冥（㝃，娩）則為祭祀生育神之舉。所以「婦好冥」，他認為記述的是武丁之妻婦好主持生育神祀典儀式的情況。

筆者看了李學勤〈論婦好墓的年代及有關問題〉（《文物》，一九七七）、曹定雲《殷墟婦好墓銘文研究》等有關資料之後，認為此作「婦好娩」為宜。因為「冥」既與㝃、娩相通，皆取陰陽轉化之義，而解作分娩待產，更能說明當時高興期待的心情。而且「」這個字更像是婦女生嬰兒的實際形狀，在其他的卜辭中，像現藏台北中央研究院歷史語言研究所的一片龜甲（見董作賓《小屯，殷虛文字乙編》七七三一版），記載了婦好生女孩「唯女」的事：

附釋文供讀者參考：

（右半）甲申卜，㱿貞：婦好□？□？王占曰：其惟丁娩，□；其唯庚娩，弘吉。三旬又一日，甲寅，娩，不□，唯女。

（左半）甲申卜，㱿貞：婦好□，不其□？三旬又一日，甲寅，娩，允不□，唯女。

左右兩邊的對貞刻辭，分別由上而下，由外而內刻寫，一從正面一從反面來卜問婦好，即將分娩待產的是男是女，吉利不吉利。前幾句左右兩邊皆作：「甲申卜，㱿貞：婦好□」，接著問「□」或「不其□」。「□」或作「㚤」，通「嘉」。㚤或不其㚤，意即吉利不吉利，生男或生女。最後則是「不□，唯女」或「允不□，唯女」，分娩結果，生下的果然是個女孩。從這片龜甲卜辭的上下文字看來，把「□」解釋為「娩」，應該是比較合適的。即使婦好在其他卜辭中有主持祭祀大典的例子，也不必將此視為祭祀生育之神。

「婦好娩」這兩條對貞卜辭，一樣都只有敘辭和命辭，沒有占辭和驗辭。除了「翌」字引作紀時之名（多指第二天，也有指第三天、第四天的）而非祭名之外，其他文字簡明，有了語譯，就不必多作解說了。

二、婦好伐土方

① ② ③ ④ ⑤ ⑥ ⑦

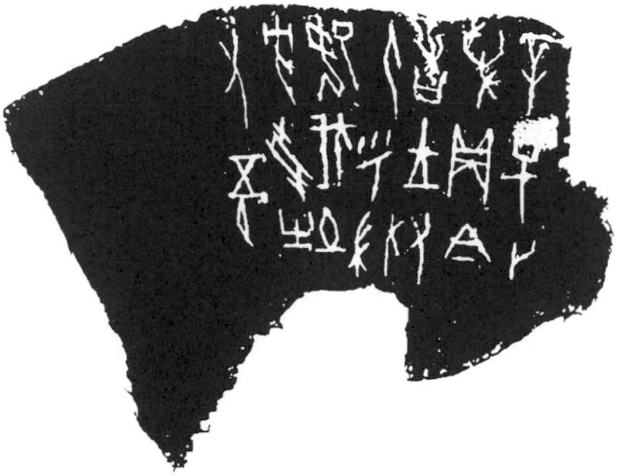

① ② ③ ④ ⑤ ⑥ ⑦

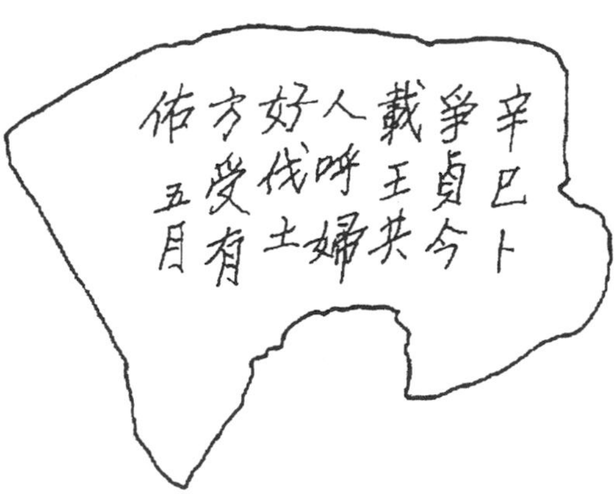

【釋文】

① 辛巳卜，
② 爭貞：「今
③ 載王共
④ 人，呼婦
⑤ 好伐土
⑥ 方，受有
⑦ 佑？」五月。

【今譯】

①癸未日占卜，𡧊問：「這十天沒有災禍吧？」時王武丁看了兆象說：「唉，竟然如今有災殃了。」到了第六天戊子，子𢦏被關起來。時間是在一月。

②癸巳日占卜，𡧊問：「這十天沒有災禍吧？」時王武丁看了兆象說：「竟然是又將有災殃了。」一如所預料，到了甲午這一天，時王武丁去打獵追逐野牛時，小臣古的車馬，碰撞毀壞了王的車駕，子央也從車上摔了下來。

③癸酉日占卜，𡧊問：「這十天沒有災禍吧？」時王武丁二度說：「但願……。」時王看了兆象以後說：「唉，有災殃有夢魘。」到了第五天丁丑，時王武丁舉行嬪祭追祀先王中丁時，摔交跌倒，在宀阜這個地方。時間是十月。

【說明】

這是刻在一塊大牛肩胛骨上，版面較大、字數較多的卜辭。它不但內容豐富，敍述生動，而且文字塗朱，正反兩面都有刻辭。背面所刻的，也頗有名，記載「有出虹自北，㱃（飲）于河」的事情，也收錄在羅振玉《殷虛書契菁華》第四頁。

這片卜辭，最早著錄於羅振玉《殷虛書契菁華》卷首，由三條卜辭組合而成，以右中左為序，中間都加了分界線。右邊的卜辭一月癸未所貞，占辭是：「乃茲有祟」；中間的卜辭記癸巳所貞，亦即癸未之後的第十天，占辭是：「乃茲亦有祟」；左邊的卜辭則記癸酉所貞，占辭是：「有祟有夢」。上文說過，殷王迷信，常在每一旬的最後一天，即干支表上的癸日，貞卜下旬未來十天的吉凶，這類卜辭就稱為貞旬刻辭。這片卜辭，亦即貞旬刻辭中最有敍事價值的代表作。

三條卜辭的先後順序，歷來有不同的看法。有人依照干支表。癸酉、癸未、癸巳、癸卯、癸丑、癸亥出現的先後，主張左邊癸酉所卜辭，應該排在最前面，像高明的《中國古文字學通論》頁三二九所錄，即是如此。但也有認為左辭雖是癸酉所貞，但文末卻是「十月」，故當在一月所貞的右中二辭之後。像陳煒湛等人的《古文學綱要》即是。筆者以為這片卜辭敍事完整，時間、人物、事件前後似乎有連貫性，所記的災禍，一次比一次繁複嚴重，癸酉所記，可能是癸巳四十天以後才發生的事，所以採取後說。另外，這片骨版上的右辭和左上角，各有若干無關的文字，在此皆略而不論。

三條卜辭的貞人都是「㱿」，可以推知時王是武丁。所記載的事情，都與他有關。今依序說明如下：

右邊的卜辭，敍辭是「癸未卜，㱿貞」；命辭是「旬亡禍」，這三個字是卜辭中常見的成語，卜問未來十天有無災禍，「亡」通「無」；占辭是「王占曰：㞢，乃茲有祟」，「」（㞢）或釋為「往」，文義不明，有人以為當作語氣詞「了」，「」（乃茲）和「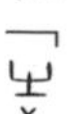」（有祟）也都是卜辭成語，「乃茲」猶言乃今、而今，「有祟」表示將有災殃不祥之事；驗辭是「六日戊子，子㚔囚」，果然到了第六天戊子日，武丁的兒子㚔就發生了災禍。「」，或釋為囚，或釋為死，或釋為凶，反正都是禍殃之事。「一月」是署辭，是貞人簽署時間的文字。

中間的卜辭，敍辭是「癸巳卜，㱿貞」；命辭也是「旬亡禍」，這是貞旬卜辭的常用成語；占辭是「乃茲亦有祟」，「亦」字說明此卜日期確在右邊卜辭之後；驗辭是「若偁，甲午，王往逐兕，小臣古車馬，硪𣪘王車，子央亦队。」「若偁」也是卜辭成語，意思是順應上述的占辭，猶如今日所稱「如上所述」。果然在第二天甲午日，在武丁出外打獵追逐兕牛時，小臣古駕馭的車馬出車禍了。「凷」，或釋為「古」，皆指向武丁時期一位著名的小臣，或釋為「叶」。于省吾認為小臣當指馭馬小官，「凷」可逕解作「甾」（甲骨文中「甾」作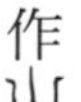諸形），即「載」，有駕馭之意。「硪𣪘王車」，是說山石撞毀了武丁的車子。「」（硪），據《說文解字》說：「硪，山巖也。」「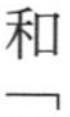」和「」象崖石的形狀，「我」應是表聲的符號。「」（𣪘），或釋為「馭」，李圃據姚孝遂所考，認為此乃𣪘𣪘之𣪘，有擊毀之意。此說可從。車毀人墜，武丁的兒子央（即繼武丁之後的商王祖庚，採董作賓之說），

當時也從車上掉下來。「□」（阝）即「墜」，字从「阜」从「人之倒形」，正要人會意是從高處墜下。這條卜辭中的「車」字，前面象撞上山石的車形，後面象撞倒以後的車形，前後不同，真的可以讓讀者見形會意。其他像「逐」、「兕」、「馬」、「阝」等字，也極富象形字的意味。

左邊的卜辭，敘辭是「癸酉卜，㱿貞」，上文說過，癸酉按干支配置表，是癸未之前的十天，所以這條卜辭似應排在最前面，但如果這條卜辭所記的事件，發生在右辭癸未之後第五十天，亦即中辭癸巳之後的第四十天，當然就不成問題了。命辭是「旬亡禍」，一樣是貞旬卜辭的常用成語，特別的是，這條卜辭在命辭之後，還多記了「王二曰匃」一句。「王二曰」是說「時王武丁二度說」，表示擔心或祈願的樣子。「匃」原作「□」，字的左形已經有些殘泐不清，無法確認，但依稀可以判斷是「匃」或「勽」字。如果是「匃」，或釋為「害」，意即災禍，或釋為「丐」，表示祈求無事的口氣；如果是「勽」，那就是後來《說文解字》所說的「覆也，从勹覆人」的意思，都跟下文的描述有關。占辭是「王占曰：鯀，有祟有夢」，「鯀」原作「□」，或為「俞」，說是句首語氣詞。武丁顯然擔心有事，所以前則記「王二曰匃」，此則記下武丁看了兆象以後的口氣，說：「有祟有夢」。在「有祟」不吉祥之外，還加上「有夢」。「夢」原作「□」，象人病倒在床的樣子，所以郭沫若釋為「痛」。「夢」在古文字用法中，是「不明」的意思，和「祟」字一樣，都是指不吉祥的同類徵兆。驗辭是：「五日丁丑，王嬪中丁，氒陰，在𠂤阜。十月。」果然在癸酉日占卜的第五天丁丑，在武丁為先王中丁舉行嬪祭大典時，他從高處跌下來了。「氒陰」原作「」，象人跌倒摔跤的樣子，從高陵的臺上跌下來。「氒」即「厥」字，假借為「蹶」。地點是在「𠂤阜」。「」即「在」，交代出事的地點。貞人還特別簽署事件發生的時間是十月。「十月」原作「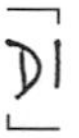」，這也就是前文所說的連文合書的「合文」。在甲骨文中，有時候會把兩個以上的字合寫在一個字的格式內，像「十月」多合寫成為「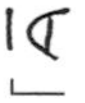」或「」。這也是甲骨文在刻寫形式上的一個特點。

校後補記：吳俊德教授以為「」常作「葬」或「死」解，「囚」較不適合。又說：如以癸未、癸巳、癸酉觀之，癸酉確實在癸巳後四十天。但癸未在一月，就算癸巳在二月，四十天後充其量在四月，與癸酉在十月不合。錄此備考。

第四章　古漢字的形體——金文

第四章繼續介紹古文字在形體上的演變過程。第一節金文概說，第二節金文示例解說。

第一節　金文概說

〈一〉

金文，主要是指殷、周時代鑄刻在青銅器上的文字。「金」，在古代可以泛指一切金屬。青銅是紅銅與錫的合金，在金屬中硬度較高，易於鑄造，品質比較優良，加上殷、周青銅器上的銘文，常有「吉金」的字樣，所以古人稱之為「吉金文字」。「金文」就是「吉金文字」的簡稱。又因鐘、鼎在青銅器中最為常見，因此也稱銘刻其上的文字為「鐘鼎文」，像宋人就稱之為「鐘鼎彝器款識」。「彝」，是「常」的意思。彝器就是指祭祀宴饗時常用的禮器。「款識」意思是「刻記」，也有人分開解釋，說「款」指刻字凹下去的陰文，「識」則指凸出來的陽文。由於殷、周青銅器的種類很多，應用的範圍很廣，光稱「鐘鼎」不足以概括全部，所以

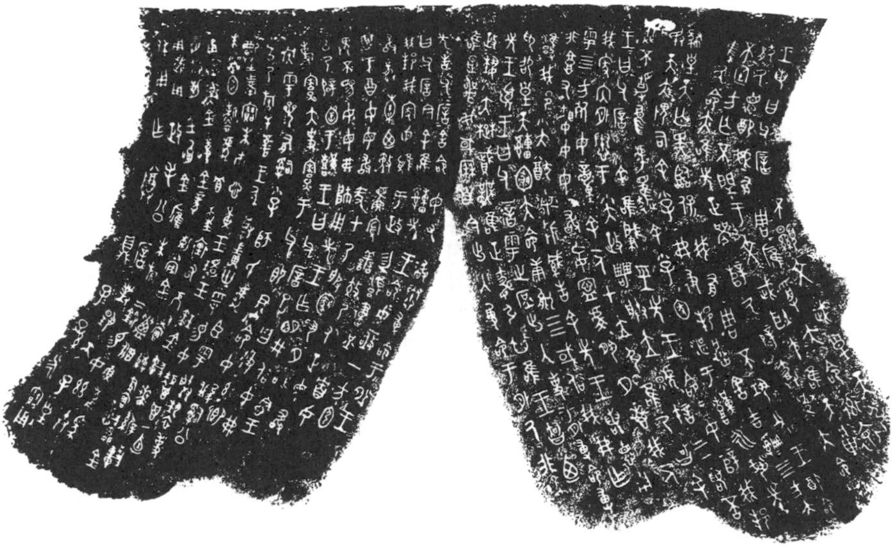

●毛公鼎銘文

某月」，順序是年、月、日，銘首多為「初吉」、「既生霸」、「既望」，銘末多為「用作寶尊彝」、「子子孫孫永寶用」等等的套語。到了西周的後期，銘文的行款和字體，才開始有潦草誤漏的傾向。而且，韻文的形式也才逐漸多了起來。

到了東周以後，或者更確切地說，到了春秋戰國時代，除了少數如「叔夷鐘」、「中山王方鼎」等彝器，尚能力保典雅遺風之外，由於「禮崩樂壞」，周朝王室日漸衰落，不但王朝卿士之器少了，而且列國諸侯亦多誇耀自己祖先的勳業，不再以接受周朝的冊命為榮。不但禮器少用了，而且內容多屬「物勒工名」之類。彝器的銘文字數越來越少，

●毛公鼎

但相對的，媵器、弄器之類，和符節、璽印、銅幣等等商業化的趨勢，卻越來越明顯。雖然偶有述及祭祀、征伐之事，或先世的功績勳業，但紀年常繫於本國，不再統於周王，篇幅字數也日趨簡短，比起西周時期要少得多。甚至有的銘文只有「作寶鼎」、「作寶尊彝」之類的寥寥幾個字。有人以為這與竹帛等等的日漸普遍使用有關。畢竟竹帛比青銅方便得多，只可惜它們比較容易腐壞，不便長久保存。

整體而言，商代和西周早期的金文，許多筆畫是塊面的形狀，而且有的還保存圖畫式的族徽文字，位置多固定在銘文末尾。到了春秋戰國時期，族徽文字多不見了，銘文的筆畫亦由塊面狀轉向線條化，條紋增多，帶有裝飾性，字體細小，而且開始講求韻文的形式。

〈二〉

拿金文來和甲骨文比較，我們可以發現金文在形體結構上，和甲骨文差異不大，但在筆畫的姿態及書寫的方式上，我們今日所見的金文，歸納起來則有下列幾個特點：

一、金文的筆畫，一般而言，比甲骨文要粗肥圓潤，這是因為刻寫工具和材料的不同所造成的。甲骨文是用刀或筆刻在甲骨上面，筆畫自然瘦硬一些；金文是鑄刻在銅器上面，筆畫自然要粗肥一些，字形也會大一些；特別是範鑄的銘文，先寫刻在範上，然後才鑄造出來，可以慢慢加工，因此筆畫寬粗，保存了較多早期象形字圖繪的風格。從上文所附的「司母戊鼎」可以明顯看出來。

二、金文和甲骨文的筆畫姿態，大致相同，但可能因為金文想用古雅莊重的字體來顯示彝器的尊嚴貴重，因此選用了有復古意味的早期象形字，圖繪性很強，也因此有的比甲骨文更接近原始的形態。例如「牛」字，商代「牛鼎」的銘文作「」；「犬」字，商代「子自卣」的銘文作「」；「象」字，商代「且辛鼎」的銘文作「」，上述都幾近於牛、象等圖形。「天」字，原是「人」的象形，上面的一橫，代表頭頂，我們看商代「父乙𣪘」作「」，西周「盂鼎」作「」，比甲骨文的「」或「」，看起來都要更近於本字的原形。同樣的，「車」字是車的象形，商代「車觚」作「」，西周「盂鼎」作「」，比甲骨文的「」或「」，看起來不但輪、輿、軸、轄、轅、軛俱全，而且也合乎當時一車只駕二馬的情形。

這種情形，照理論上講，應該較多出現在殷商和西周早期的金文中，因為就整體的發展趨勢看，字體是逐漸趨向於符號化、抽象化的。有人說殷商和西周早期的青銅器，絕大多數的裝飾都是動物頭面的紋樣，即所謂「饕餮紋」，只有少數是幾何紋樣，這也反映了早期象形文字的圖畫性。

三、字體漸趨一致，比甲骨文進一步規範化，也進一步符號化了。「辵」、「彳」、「止」三個與「足」有關的字體，在甲骨文中分別使用，但在金文中已朝「辵」一致化。又如「保」字，現代人都知道它有保護、保全的意思，但從古文字看，它原只是人背幼兒的象形。甲骨文是這樣寫的：

一期　一期

文編

三期　三期（吳俊德教授以為可疑）

人向左或向右原來不拘，但到了金文中，則人的偏旁固定在左，背子的形旁也多加了點畫：

（商代父丁段）　（西周盂鼎）　（周格伯段）

（東周㝬鐘）　（戰國因資錞）　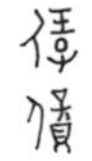（春秋）

偏旁的「人」基本上已固定在左邊了，而且多加點畫，以求齊整。不過，在形體結構上還是像甲骨文一樣，尚未定型，異體字也還是不少，標音的形式是越來越多。早期獨體的象形字，有的變成了記號字，變成了一個具有字音或字義的記號字。

四、行款格式逐漸整齊均勻。首先是甲骨文中一些橫寫而形體較大的字，金文多數改為豎寫，以適應直行書寫的統一格式，而且以直書左行為主，右行的極少，不像甲骨文那樣可左可右。同時，字體和字距也日趨均衡整齊。後來漢字方塊化的形態，這時候可以說大致已經奠定了。

有人以為這與時代的進步、經濟文化的發展和書寫器具的改善，有相當密切的關係。但也有人以為這與西周後期周宣王時代所開始推行的文字改革有關。相傳周宣王的史官，名字叫做「籀」的，為了教人認字讀書，曾經整理編寫了《史籀篇》，總共有十五篇，皆四字一句，二句一韻，便於誦讀。雖然是「周時史官教學僮書」，卻對於春秋戰國以後的文字發展，有很大的影響。我們在下文談到戰國秦系文字時，對此將有進一步的補充說明。

第二節　金文示例解說

（依原件、釋文、今譯、說明為序。下同）

〈一〉我方鼎

●我方鼎銘文

① ② ③ ④ ⑤ ⑥

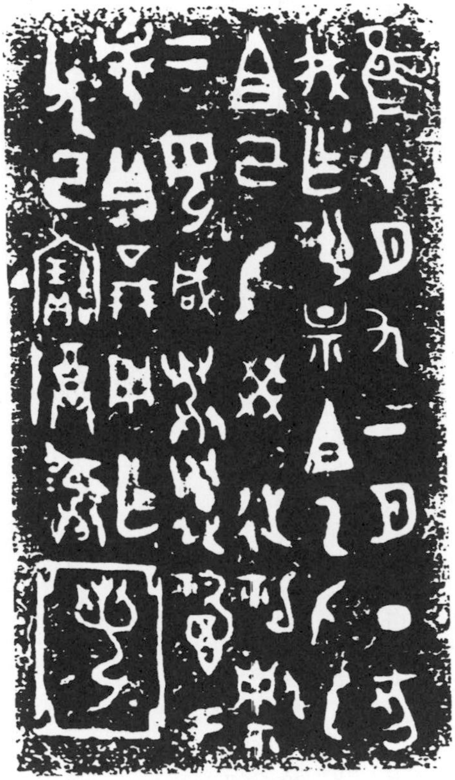

●我方鼎

【釋文】

①隹（唯）十月又一月丁亥，

②我乍（作）御祟（祭）且（祖）乙、匕（妣）乙、

③且（祖）己、匕（妣）癸；祉礿叙

④二母。咸與遣祼，工

⑤龜貝五朋，用乍（作）

⑥父己寶障彝。亞若

【今譯】

①在十月後又過了一個月的丁亥日，

②我們開始舉行御祭於祖乙、妣乙、

③祖己、妣癸；又繼續舉行礿祭、叙祭於

④妣乙、妣癸二母。都完成以後，在君王舉行
祼祭、賜飲香酒時，又分派

⑤龜貝五朋，因而用來製造紀念

⑥父己的寶貴的宗廟彝器。亞若（署名）。

【說明】

這是殷商晚期著名的彝器，今藏台灣故宮博物院。此器之外，另有一件盤蓋，銘文相同，今藏台灣中央研究院歷史語言研究所。二器名稱常相混淆，或稱「我甗」、「我作父己甗」、「禦鼎」、「禦父己鼎」、「禦父己簋」、「我作父乙毁」等等。銘文部分連「亞若」合文共四十三字，是當時銘文字數較多的一件器物。有人認為二器當是同時所鑄，但也有人以器蓋並不相合，認為其中之一是後人偽託。當然也有可能是出土殘損，經綴補變形所致。

鼎、甗形狀相近，它們和簋（毁）都是用來烹煮或盛放食物的禮器，不但形狀有的相近，作用也大致相同。它們在商代中期以後，逐漸成為祭祀宴饗時青銅禮器序列組合中主要的器物，一般而言，形狀、數量都有固定的規制，互相配合使用。有學者所以會誤題鼎為「甗」或「簋（毁）」，大概也是因此之故。

這件彝器反映了商人好卜祀及慎終追遠的傳統。銘文的開頭，交代了祭祀開始的日期。時間是十一月的丁亥日。「隹」即「唯」，語首助詞。十一月說成「十月又一月」，是當時的習慣。「我」是制器者自稱，即文末所署的「亞若」。「亞」是商代一個氏族的名稱，和王室有血緣或姻親關係。「若」是其中一人的名字。這裡的「我」，代表的是複數，等於現在口語中的「我們」。「乍」即「作」的初文，有創造、起始之意。「⿱血示」即「祭」，「御祭」則是商代以前一種祭祀的專稱，主要是用以祓除疾病或其他不幸之事。主祭者通常是天子，「我」應該只是陪祭的身分。據說到了殷商末年，即卜辭第五期，已不用此祭，所以此器銘文的著成年代，當在帝乙或帝辛之前。

銘文「御⿱血示」的「御」，也可作「禦」，二字通用。「⿱血示」則原作「⿱血示」，楊樹達《積微居金文說》的〈我作父己甗跋〉一文云：「从血从示，象薦血於神前，蓋祭字也。」因此李學勤以為它隸作「⿱血示」，趙平安則以為應釋為「甹」，是另一種血祭的專稱。專指殺牲取血以告於神靈，這是古代祭祀活動中必行的儀式。

下文說明御祭的對象，有祖乙、妣乙、祖己、妣癸共四人。「且」、「匕」是「祖」、「妣」的初文，金文中類皆如此。銘文中妣乙應為祖乙配偶，妣癸應為祖己配偶，亦即下文所說的「二母」。但也有人以為商王祖考以日干為名，祖乙、祖己的「乙」、「己」，只是以日干為名，表示在此日祭祀而已，祭祀的主要對象，仍是祖乙的妣乙和祖己的妣癸二母。四人應併為二人，即祖乙妣乙、祖己妣癸。只是這種說法，衡以下文所論，似不足取。

「𢓊」，同「⿺辶止」，原是「遷徙」之意，這裡當作「延續」講。表示又向妣乙、妣癸二母同樣的道理，在殷商卜辭中，商王廟號名己者，有大庚之子雍己和武丁之子祖己二人。其中常被後人稱頌的是武丁之子祖己。在甲骨卜辭的世系中，武丁有子三人，依序是祖己、祖庚、祖甲。可是，在《史記．殷本紀》的商王世系中，卻只提到殷高宗武丁傳位給祖庚、祖甲，卻未提到祖己。祖己，卜辭中稱「小王」，廩辛、康丁時期卜辭稱「小王父己」，晚期才稱「祖己」。他在周祭中一直被列為先王祭祀。他也是史上有名的孝子，所以又稱「孝己」。《莊子．外物篇》就曾經提到他，郭象注也稱他為「孝己」，並說他是「殷高宗之太子」。除《莊子》之外，《呂氏春秋．必己》及《戰國策》的秦策、燕策，也都有「孝己」的記載。《史記．殷本紀》云：「帝武丁崩，子帝祖庚立。祖己嘉武丁之以祥雉為德，立其廟為高宗。……帝祖庚崩，弟祖甲立，是為帝甲。」《太平御覽》卷八十三引《帝王世紀》云：「殷高宗有賢子孝己，其母早死，高宗惑後妻之言，放之而死。天下哀之。」可見祖己雖然被後母害死，未即王位，但後人尊敬他，王族同情他，讓他在卜辭周祭中仍然享有與其他先王同等的地位。《尚書．高宗肜日》篇記載的就是後人追述肜祭高宗武丁之日，祖己的告誡之辭。常玉芝《商代周祭制度》就說：肜日之上的人名，是殷人被祭的祖先，而非主祭之人。「我方鼎」反映的就是這個史實。這樣說來，如果是選祭，選祖乙和祖己二人，都自有其道理。

至於祖乙妣乙、祖己妣癸二母，在現存的甲骨卜辭和歷史文獻中，還找不到其他有關資料。在甲骨卜辭所記殷商先公先王的配偶中，從未出現「妣乙」。祖乙的配偶有妣己、妣庚而無妣乙，但配偶名「妣癸」的先王，則有中丁、祖丁與武丁三人。致祭先王的配偶，主要是為了禳災祈福，特別是祈求生育、佐王助祭之事，以及好年成。《左傳．隱公三年》云：「苟有明信，澗溪沼沚之毛，蘋蘩蘊藻之菜，筐筥錡釜之器，潢汙行潦之水，可薦于鬼神，可羞于王公。」這從《詩經．采蘩》等篇可以得到印證。敬事鬼神，在乎誠心。我方鼎所記祭祀二母，當亦與此有關。

從上文看來，殷商的祭祀真是可謂活動紛繁而又時間漫長。

下文「咸與遣祼」一句，可以有兩種讀法。一種是作一句讀，把「祼」作「福」講。福亦祭祀名，象捧酒獻於神祇之形。《周禮．天官．膳夫》：「凡祭祀之致福者，受而膳之。」鄭玄注：「致福，謂諸臣祭祀，進其餘肉，歸胙于王。」「遣福」猶言「致福」，指分送祭祀用過的酒和肉。致福，也可以說歸福。《國語．晉語二》有云：「驪姬以君命命申生曰：今夕君夢齊姜，必速祠而歸福。」這兩三句話的意思是：驪姬想要陷害太子申生，假傳君命給申生，要他趕快殺牲備酒祭祀母親齊姜，然後把祭酒和祭肉送回。可見歸福也就是把祭祀所祈福的酒肉歸送君王的意思。因此，銘文的「咸與遣祼（福）」，也就是說：君臣全都得到了分送的祭品和神靈的祝福。

另外一種讀法，是把「咸」或「咸與」與「遣祼」頓開，屬上讀，作「全都」或「咸舉」講，表示對二母的礿祭、叙祭，都已經完成了。在金文中，「咸」是有這樣的用法，像「班毀」的「令錫鋚勒，咸」即是。「咸與」作「咸舉」解，當然更不成問題。底下接「遣祼」，意思與第一種讀法的「遣福」大同小異。祼祭，就是灌祭。祭祀時要準備鬱鬯香酒，主祭者用圭瓚酌酒灌地，同時要把祭酒賜與賓客。這和「遣福」祭祀後分送酒肉的道理是相同的，意思就是要把神靈賜予的福氣分給大家。不同的是，祼祭是在「迎牲」的儀式之前，福祭則在「迎牲」之後。所以福祭可以「歸福」分送祭酒和祭肉，而祼祭只可以用圭瓚賜酒。

《尚書・洛誥》云：「王入太室祼」，孔穎達疏：「王以圭瓚酌鬱鬯之酒以獻尸，尸受祭而灌於地。因奠不飲，謂之祼。」《禮記・祭統》云：「君執圭瓚祼尸，大宗執璋瓚亞祼。」鄭玄注：「圭瓚、璋瓚，祼器也。以圭璋為柄，酌鬱鬯曰祼。……天子諸侯之祭禮，先有祼尸之事，乃後迎牲。」

《周禮・春官・典瑞》說得更清楚：「祼圭有瓚，以肆先王，以祼賓客。」鄭玄注：「爵行曰祼。」賈公彥疏：「此周禮據祭而言。至於生人飲酒，亦曰灌。」

《周禮・秋官・大行人》也說：「以同邦國之禮而待其賓客，……廟中將幣，三享王禮，再祼而酢。」這些文獻所記載的，就是有關祼祭的儀式和內容。

從中我們可以看出來，天子諸侯的祼祭，是有代替被祭神靈的尸，和助祭陪祭的大宗、賓客等人的。儀式進行中，有人扮作被祭的神靈，稱之為尸。主祭者要用圭玉為柄的酒器璋瓚之類，酌鬱鬯製成的香酒行禮交給尸，尸受祭後，以酒灌地，然後才迎牲，讓用來祭拜神靈的太牢牛羊之類進場。最後才是把祭酒賜飲賓客，把祭品如璋瓚之類分送該送的人。甚至有人說古「祼」字的右旁就是瓚璋的象形。

這樣說來，銘文作「遣祼」似乎比作「遣福」好。

底下「二朿」二字，過去學者多無法確認，亦無法確解。不過，此二字介在「遣祼」與下文「貝五朋」之間，應有其前後承接關係。所以過去有些學者紛紛提出不同的解讀。像楊樹達解作「二朿」，說：「『朿』者，朿之古文，鼎文假為賜。賜、朿同錫部字，聲亦相近也。」像趙平安〈從我鼎銘文的「祟」談到甲骨文相關諸字〉一文，解作「二瓚」；像葉正渤的〈我方鼎銘文今釋〉，更進而把二字解作「王朿（賜）」，都可以說是從上下文的脈絡關係來求解答。下文既然說「貝五朋，用乍父己寶障彝」，參照其他的彝器銘文，此二字總該有「易（錫、賜）貝」之類的話語，表示制器人因為有此賞賜而後才作此彝器。因此，楊樹達等人的推測，即使望文生義，略有牽強，也還都是合理的。只是所推測的「二朿」或「王朿」與銘文二字的字體似有不合。銘文上字不似「二」、「王」而似「工」、「于」，下字不似「朿」而似「桑」與「龜」。

●《子黃尊》銘文

依筆者的淺見，此二字似作「工龜」為是。「工」的甲骨文或作「〓」或「〓」，金文或作「〓」或「〓」，「龜」的甲骨文或作「〓」，金文或作「〓」，都與本器銘文字體較為近似，而且，「工」在殷代有「貢」義，是祭典常用字，像上文所說殷商周祭中的「工典」即是。「工典」就是「貢典」，貢獻典冊於神主之前的意思。上文說祼祭時主祭人以圭璋酌酒酬神並賜飲賓客，分送祭品，都可說是銘文「遣祼」工（貢）字的前奏。其他金文中，《子黃尊》銘文：「乙巳……用王商（賞）子黃瓚一、貝百朋。」《伯公父瓚》銘文：「自（伯）公父乍（作）金瓚用獻用酌，用享用孝。」《史獸鼎》：「商（賞）史獸瓚」，《庚嬴鼎》：「易（賜）祼〓（璋，作贛，讀為貢）貝十朋」等等，皆其例。除了祭肉須歸於君王之外，分送賓客的祭品，可以有瓚璋玉爵，也可以有龜貝之類。例如《甲骨文合集》一〇〇七六版的卜辭：「乙卯卜，賓貞：甗

（献）龜，翌日。」甗龜即献龜之意。龜甲和貝殼在先秦夏殷時代是極受重視的物品，有其商業價值。《說文解字》解釋「貝」字時說：「古者貨貝而寶龜，……至秦廢貝行錢。」我們從殷代武丁時期以後的大量卜辭中，不但可以看到它們作卜祭用，而且也可以當貨幣使用。像「買」字作「□」从网从貝；「得」字作「□」，象行有所得，都從「貝」取義可知。貝，以朋計，通常五枚為一串，兩串為一朋，所以「朋」字古作「□」，正象貝玉成串之形。「工」可作供獻講，又有人說它像連玉之形或纍絲之器，也正與此意合。《尚書．盤庚》「具乃貝玉」句中也將貝與玉並稱，所以龜貝或玉貝在殷商時代相提並稱，是不成問題的。

●《庚贏鼎》銘文

筆者覺得商末的《子黃尊》銘文，可與此鼎合看，另外《庚贏鼎》（《西清古鑑》摹有圖像）銘文：「丁巳，王蔑庚嬴厤（歷），易（賜）祼𤔲（貢）貝十朋。對王休，用乍（作）寶鼎。」可以拿來和「方鼎」對照。該器銘文譯為白話，大意是：丁巳這一天，君王蔑歷（稱許）庚嬴的表現，賞賜給了祼祭時璋貝十朋。為了報答君王的美德，因而用來製作寶鼎，以為紀念。對照來看，筆者的試解，或許尚有可取之處。

最後的「用乍父己寶障彝，亞若」，前者是彝器銘文習見的套語，後者是一種族徽的圖案。亞字的本義，有人說是象宮室之形，有人說是爵稱、官名，或邦族、諸侯的名稱。不過，從殷卜辭中像《甲骨文合集》版九七八八的「甲午卜，𡆥貞：亞受年？告。」以及《甲骨文合集》版一六六三的「唯亞祖乙壱王？」等等資料來看，殷王問亞族今年是否有好收成，問亞族的祖先祖乙會不會壱（降禍）於殷朝，都可以看出亞族與殷商王室是同一祖先，有極為密切的關係。而且更值得注意的是，祖乙原來也是亞若這一系的祖先。屈萬里老師就說，殷王稱亞族的王侯，可以「保我」、「保王」，自是高級武官無疑。「若」，是亞族其中的一員。他從這一年的十一月丁亥日開始，參加了祭祀先祖祖乙、先父祖己及其配偶的祭典，可能是助祭或陪祭者，有不錯的表現，所以獲得了君王賞賜龜貝，並用以製作紀念父親的寶貴彝器。父己，是諡號，即作器者之父，亦即本器所要祭奠的對象。如果筆者上文的推測可以成立，那麼，亞若應是祖己的兒子，也是殷商第二十六位先王廩辛、第二十七位先王康丁的同輩子孫。我方鼎的原器就是他製作的。因為祖己孝名遠播，「天下哀之」，後來的殷王子孫對他也極為推崇，破格列為王室周祭的對象之一。這個彝器銘文，如果後世因而有人翻刻仿造，也就沒有什麼可訝異的了。

補記：右稿既成，近日讀王國維〈說玨朋〉（《觀堂集林卷三》及楊升南《甲骨文商史叢考》等書，對「我方鼎」有新認識，故略誌其要於後。

一、據楊升南〈殷墟花東H3卜辭「子」的主人是武丁太子孝己〉一文，可知卜辭第一期稱孝己為「小王」，第二期則稱「兄己」（合集二二六〇九、二三一八七），第三期稱「父己」（合集二七〇〇三、二七〇一三），第四期以後稱「祖己」（合集三五八六二、三五八六三、三五八六七、三五八七一）。殷高宗武丁在位五十九年，據今本《竹書紀年》（此書王國維曾疑為偽書，今學者陳力則證其非偽）云：「（武丁）二十五年，王子孝己卒於野」，故知孝己未曾即位，而死於武丁之前。其生母或即婦好（妣辛），婦好早卒，故孝己為後母排斥。楊氏又說：在花東H3坑卜辭所祭祀的對象中，以對祖乙、妣庚、祖甲三人次數最多，祭器也最豐厚，而且認為「祖甲應是武丁的父輩陽甲。祖乙應是武丁的生父小乙。妣庚應是武丁的生母妣庚。武丁稱他們為父為母，武丁的子輩則稱他們為祖為妣」。

二、《易經・益卦》六二：「或益之十朋之龜，弗克違，永貞吉。王用享于帝，吉。」王國維釋「十朋之龜」為該龜甲值十朋之貝。一朋，貝十枚。可知龜貝皆可為祭品，供君王獻祭天帝祈福之用。商末《子黃尊》云：「乙卯，子見才（在）大（太）室，白口（？）一，取（？）琅九，生（牲）百。用王商（賞）子黃嵩（瓚）一、貝百朋。子光（貺）商（賞）姒丁貝，用乍（作）己口口（齍？）[illegible]。」又，西周《衛盉》：「矩伯庶人取瑾璋于裘衛，才（裁）八十朋，厥貯（賈）其舍田十田。」皆可與我方鼎互參。

校後補記：本節涉及三代曆法及殷商祭祀部分，多承吳俊德教授指正，謹此致謝。

〈二〉小臣艅犀尊

●小臣艅犀尊銘文

① ② ③ ④

●小臣艅犀尊

【釋文】

①丁子（巳），王省夒㠯（京？）。
②王易（賜）小臣艅夒貝，
③隹（唯）王來正（征）人方。隹
④王十祀又五，彡（肜）日。

【今譯】

①丁巳這一天，紂王巡視夒京這個地方。
②王賜給小臣艅（艅，人名）夒地出產的貝殼。
③這是王來征討人方的途中。時間是
④紂王第十年又五年，舉行肜祭的日子。

【說明】

尊，是一種盛酒用的禮器，字或作「樽」或「罇」，表示製作材料的不同。器形或圓或方，通常侈口、高頸、垂腹，作鳥獸狀。此尊作犀牛形，所以稱為犀尊。此器在山東壽張出土，著錄於羅振玉《三代吉金文存》，今藏美國舊金山亞洲藝術博物館。

銘文記載的內容，有人以為是殷商末年帝辛（即紂王）即位的第十五年，去征伐人方（方國名，在今山東半島），經過夒地視察戰略要地時，舉行肜祭，賞賜小臣夒貝之事。夒京的「京」原作「㠯」，有人釋之為「且」，即「祖」，但也有人核對殷周古文字，以為作「京」為是。

貝，當時已同貨幣，可作商業交易之用。有些人得貝之後，即用以製作彝器，銘文紀念。祀，同「年」，殷代稱年為祀。「十祀又五」，即十五年，這也是殷人的習慣用法。

另外，有人以為這是帝乙時代的彝器。帝乙是帝辛的父親。其實，銘文中所說的人方，即夷方。據《說文解字》「尸」象人臥之形，而甲、金文中的「人」字、「夷」字，皆與「尸」相近。羅振玉《殷虛書契前編》卷二第十五頁所記伐人方的卜辭：「癸巳貞：王旬亡禍？在二月。在齊餗，惟王來征夷方。」就說人方在齊地，當為東夷，即今山東一帶。又據董作賓《甲骨文斷代研究例》，所有記征人方的卜辭，皆當為帝辛紂王時代所有，因此徐中舒〈殷周之際史跡之檢討〉一文中，曾拿此器「小臣艅尊」銘文與帝辛時期的卜辭相對照，認為銘文書體亦與此期卜辭的刻辭形狀逼似，因而下判斷說：「夷方之征伐，或不僅限於帝辛十五年，但總以近於此年者為是。」這個意見，很值得我們參考。

至於彡日，是指彡祭的當日。彡祭的祭儀有三：一是彡夕，又稱前日祀；二是彡日，又稱當日祀；三是彡龠，又稱明日祀。前後三天，連續不斷。彡者，正如鼓聲助祭之彡彡不絕，表示連續不斷之意。所謂彡日、當日祀者，即甲日祭甲名先王、乙日祭乙名先王，銘文所記丁巳日，自當祭丁日先王如祖丁、武丁等人。祭告的內容，必然與征伐人方的勝利有關；賞賜小臣艅貝殼，也必然與征伐人方的勝利有關。

〈三〉利簋

●利簋銘文

④ ③ ② ①

●利簋

【釋文】

① 珷（武）征商，隹（惟）甲子朝。歲

② 鼎，克聞（昏）夙又（有）商。辛未，

③ 王才（在）𠂤自易（賜）又史利

④ 金，用乍（作）𡩁公隮彝。

【今譯】

① 周武王發兵去征伐商紂，在甲子日的清早。歲星

② 當頭，預測可以打勝仗，（史官）報告說一個早晨即可佔有商都。辛未這一天，

③ 武王在𠂤自這地方賞賜執事有功的右史利

④ 一些青銅，因此用來製造紀念他先人𡩁公的禮器。

【說明】

一九七六年三月，在陝西省臨潼縣零口的周代遺址，發現了一批六十多件的西周銅器，此利簋為其中最受注目的一件。簋，即「𣪘」。𣪘內腹底鑄有銘文四行三十二字，記載周武王征伐商紂的史實，資料非常寶貴。此器現藏陝西臨潼縣文化博物館，銘文則著錄於《殷周金文集成》第四一三一號。

利簋出土不久，立即受到學者的注意。《文物》一九七七年第八期，唐蘭、于省吾同時發表銘文的考釋論文，次年第六期還有繼續討論的文字。張政烺和徐中舒也分別在《考古》一九七八年第一期和《四川大學學報》（社會科學版）一九八〇年第二期，就銘文的「歲鼎克聞夙又商」的斷句，提出不同的看法。箋釋解讀雖有不同，但對此器的史料價值則一致肯定，認為它是截至目前為止，西周時期最早的一件青銅器。銘文所記，可以與一些古代史書相印證。

銘文可以分為兩段。第一段記敘武王伐商。「珷征商」的「珷」是「武王」二字合文的專用字。念的時候應該一字二音，此猶如甲骨文將「上甲」合文為「⿱一田」、「報乙」合文為「⿴匚乙」、「且乙」合文為「⿰乙且」，都是古文字早期相同的一種書寫習慣。除此之外，像「何尊」、「大盂鼎」等器，也是如此。但西周康王時期的「大盂鼎」，已於「珷」字下又加一「王」字，說明後來漢字的發展，已朝向一字一音。「征」字在甲骨文中多作「⿱口止」，同「足」

形，這裡加上「亻」旁，也可以看出文字形體已在轉變的消息。

「隹甲子朝」句，「隹」即「惟」，不必贅述。「甲子」在一般甲骨文、金文中，通常作「十」或「十」，這裡的「」，與《說文解字》「子」字下所引的籀文「」相似，應是「」的繁體。這一句說武王伐紂的時間，在甲子日的清晨，核對一些古籍的記載，正相吻合。例如《尚書．周書．牧誓》：「時甲子昧爽，王朝至于商郊牧野。」《尚書．武成》：「粵五日甲子，咸劉商王紂。」《詩經．大雅．大明》：「肆伐大商，會朝清明。」《史記．周本紀》：「甲子昧爽，武王朝至于商郊牧野，乃誓。」等等都是。最特別的是，《逸周書．世俘篇》所說的：「越五日甲子，朝至，接于商，則咸劉商王紂。」並且說紂王甲子夕自焚而死。這些記載過去常被疑為後人偽託，發現此簋之後，也都一一被證實了。

底下是眾說紛紜的句子：「歲鼎克聞夙又商」。有人斷句為：「歲鼎，克，𦖞𡖊又商」，意思是：舉行歲祭而貞卜，得到能克敵制勝的吉兆；果然在早晚之間就佔有了商朝京都。這是把「歲」當作祭名，把「鼎」當作貞卜，把「克」當作能克敵制勝，把「聞夙又商」當作「𦖞夙又商」，即早晚間可以佔有商都。「聞」字甲骨文作「」、「」，象人用手附耳諦聽的形狀，這裡的銘文作「」，與甲骨文的「聞」字近似；又因為人需以耳助聽，通常由於昏暗，所以解者就把它與下字「𡖊」（即「夙」字）連在一起，認為「昏夙」意同「夙夜」。意即一個早晚之間。或者意同「昧爽」，指天剛放亮，就攻佔了商都。「又商」的「又」，即

宋代趙明誠在《金石錄．序》中曾說：「史牒出入後人之手，不能無失，而刻辭當時所立，可信無疑。」千百年來的史書典籍，經過輾轉傳抄刊刻、增刪改易，甚至後人的偽託，有的已失真實面目，而這些古代銅器銘文，因制器時已經鑄成刻就，字字句句均為古人真跡，因而彌足珍貴。

〈四〉獻侯鼎

●獻侯鼎銘文

●獻侯鼎

【釋文】

①唯成王大桒，

②在宗周。商獻

③侯⿰貝畾貝，用作

④丁侯尊彝。大黽。

【今譯】

①這是周成王大型祈願的祭祀活動，

②在宗周鎬京舉行。賞賜

③侯⿰貝畾（⿰身畾）寶貝，用來製作

④他先人丁侯的尊貴禮器。大黽。

【說明】

獻侯鼎是西周初期成王時代的標準禮器。成王在西周京城鎬京（今陝西西安西南）舉行大型的桒祭。這裡的「商」作「賞賜」講。成王在舉行桒祭時，賞賜獻侯一些珍貴的貝殼。桒，即「求」，有祈求之意。桒祭，通常是祈求長壽、豐收。為什麼周成王在舉行大型桒祭時，要賞賜獻侯貝殼？從銘文中已經看不出什麼道理來。⿰貝畾，究竟是地名或人名，亦不得而知。丁侯，自是獻侯的先人無疑。

文末簽署的「大黽」，有人解作「天黿」或「天黽」。這是氏族的圖騰，也是殷商晚期、西周初期常可見到的一種銘文格式。

〈五〉宗周鐘

●宗周鐘銘文

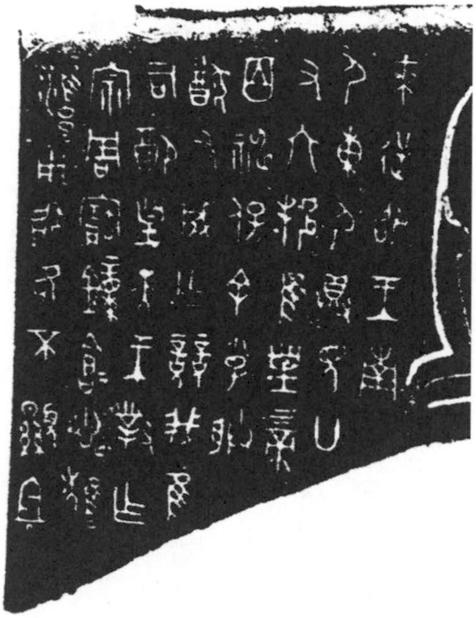

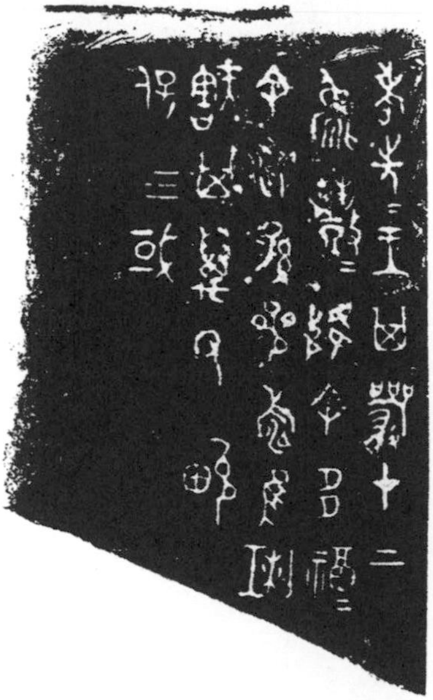

●宗周鐘

【釋文】

①王肇遹眚文武，堇彊
②土，南或𠬝子（孳）敢臽虐（處）
③我土。王𦎫伐其至，𢧵
④伐氒都。𠬝子迺遣間
⑤來逆邵王；南
⑥尸東尸具見，廿
⑦又六邦。「隹皇上帝
⑧百神，保余小子，朕
⑨猷又成亡競。我隹
⑩司配皇天。」王對作
⑪宗周寶鐘，倉倉悤悤，雉雉
⑫雝雝，用邵各不顯且
⑬考先王。「先王其嚴在上，
⑭𥻗𥻗𪔆𪔆，降余多福。
⑮福余沕孫，參壽隹剌，
⑯㝬其萬年，畯
⑰保四或。」

【今譯】

①君王開始審慎遵循文王、武王之道來勤力墾拓疆
②土的時候，南國的𠬝子（一作「服子」或「𠬝孳」）竟然敢來
侵略肆虐
③我們的疆界。於是我們的君王聲討遠征他們的罪行，一直追擊
④到他們的都城。𠬝子於是派遣居間講和的使者
⑤來覲見我們的君王；連南
⑥夷東夷也都出席覲見，總共有二十個
⑦又六個邦國。「因為偉大的上帝和
⑧眾神，保祐我這個小輩，使我的
⑨謀略又有成就，沒有競爭的對手。我只有
⑩盡心做事來配合老天爺。」君王於是製造了
⑪宗周寶鐘，鐘聲倉倉悤悤，雉雉
⑫雝雝，藉以顯示恪守所有偉大光明的
⑬祖考先王的教訓。「先王的威嚴高高在上，
⑭礴礴磅磅，降臨給我們很多福份，
⑮還造福我們孝順的子子孫孫，都能長壽吉利，
⑯使我㝬能夠千秋萬世，
⑰確保四方的疆土。」

【說明】

鐘，是一種敲打的樂器，其形制是由鐃、鉦發展而來。鐃較小，可以手執而打，多用於軍旅之中；鉦較厚重，需固定在器座上，多用於祭祀之時；鐘似鉦而有枚，使用時需懸掛在木架上，口朝下，而且至少要有三個以上，才能組成音階，所以又稱為編鐘。它最早約出現在西周初期，到西周晚期開始流行，但到了戰國中期以後又逐漸式微了。

宗周鐘，一名㝬鐘，最初著錄於清梁詩正等人所刻的《西清古鑑》，現藏台灣故宮博物院。銘文刻在正面鉦間、左鼓及背面右鼓，共十七行一百二十二字。郭沫若、楊樹達等人以文中有「來逆卲王」句，認定卲王即昭王，故定此器為周昭王時器物。然而孫詒讓等人，解「卲」為「見」，「來逆卲王」，即「來迎見王」，足證卲王非昭王。唐蘭更據此以為「㝬」「胡」音近，係古今字，㝬（胡），即周厲王名，因定此器為周厲王所鑄。一九七八年五月，陝西扶風又出土了㝬毁，銘文中亦有「㝬其萬年」句，字體復與此銘相近，所以學者多採信唐蘭之說，認定此為周厲王府中之器。

銘文可以分為四段：

第一段記敘周厲王征伐降服南蠻𠬝子的經過。先從厲王能夠繼承遵循文王、武王的治國之道說起。「王肈遹眚文武堇彊土」一句，「肈」是「肇」的本字，「眚」通「省」，「堇」通「勤」，「彊」通「疆」。根據《爾雅・釋詁》的解釋：「肈，始也」，「遹，自也，循也」。「遹眚」是金文中常用的詞語，有遵循審視之意。這是刻寫銘文的官員稱頌厲王的敘事之文，說厲王繼承王位，從一開始，就知道要遵循文王、武王的勤勞政事，反省自己有沒有用力於墾拓疆土。《詩經・大雅・文王有聲》云：「文王受命，有此武功。既伐于崇，作邑于豐。」「考卜維王，宅是鎬京。維龜正之，武王成之。」《詩經・周頌・賚》亦云：「文王既勤之，我應受之。」這些詩句都足以證明文王、武王在其後人的心目中，有值得效法的開疆闢土的功勞。

次句「南或𠬝子敢臽虐我土」，「南或」即「南域」、「南國」，指南方的邦國。𠬝，是該方國的名稱。𠬝，銘文作「」、「」，象從後控制人使其屈服之形，是「服」的初文，意同俘虜。子，銘文作「」，與「子」的籀文形近，有人釋之為「孳」。周朝多稱蠻夷的君長為「子」，《禮記・曲禮下》即云：「其在東夷、北狄、西戎、南蠻，雖大，曰子。」因此𠬝子，乃指南蠻𠬝國的君長。臽，同「陷」，意即攻陷、坑害。虐，自是殘虐之意。「敢臽虐我土」，是說𠬝子竟然膽敢侵略我們國土，殘害我們同胞。言下之意，當然是我們不能不聲討其罪了，否則將有違上述文王、武王以來治國的方針。

「王𦎫伐其至，𢧵伐氒都」，承上而言，說明周厲王不出兵則已，一出兵即一路攻打到敵軍𠬝子的都邑。𦎫，「敦」的古字，怒、詆的意思。敦伐，就是聲討怒伐。其至，是說到了極點。南蠻陷虐我土，斯可忍，孰不可忍？所以周厲王就下令出兵，一路撲殺到底。「[illegible]伐」二字都從「戈」旁，有大動干戈之意。「氒都」，厥都，其都，指𠬝子的都邑。一路撲殺到底，可以想像當時戰爭的慘烈、情況的危急。

上文數句，行文非常簡練，寥寥二十餘字，就交代了周王攻打𠬝子的前因後果。𠬝子一見情勢危急，於是趕快派遣使者來迎謁求見周王講和。「廼遣間來逆邵王」的「間」，指間使而言。即能夠在兩者之間居中協調的人。逆，迎面而來。邵，讀為紹，《詩經·大明》的「昭事上帝」，《尚書·召誥》的「王來紹上帝」，《毛公鼎》的「用邵皇天」，其中的昭、紹、邵皆有尊而見之的意思。《爾雅·釋詁》亦云：「紹，見也。」因而「逆邵」是說使者來迎面求見，有覲見之意，以示尊崇周王。此句到下句「南尸東尸具見，廿又六邦」之間，有些文字省略掉了，這也是這篇銘文簡練的特色。從上下文看，使者居間講和，顯然是成功了，條件應該是：𠬝子必須在當時眾多的南夷、東夷面前公開謝罪。所以下文才會說：「南尸東尸具見，廿又六邦」。南尸、東尸的「尸」，即「夷」。當時的南夷、東夷，泛指東南濱海夷人所居之地，幅員廣大，因此出席講和宴會做見證的代表，總共有二十六個方國。「具見」的「具」，銘文作「」，象雙手捧鼎具食之形，鼎為食器，所以這句也有「都來出席宴會，做個見證」之意。有人把這一兩句譯解為：「南夷東夷都來朝拜稱臣，共有二十六個番邦」，打敗了一個𠬝子，就有二十六個方國迎風而降，顯然是有些誇張了。

第二段記敘周厲王戰勝之後的宣告之辭，是記言文字。「隹皇上帝百神，保余小子」，自稱「小子」，表示一切勝利都來自上帝眾神的保祐。「隹」同「唯」，是發語助詞。「皇」是頌美之詞。「百神」，泛指各種神靈，包含文王、武王以下的歷代先王。「朕猷又成亡競」，是說在上帝百神保祐之下，使我們的治國謀略又有所成。朕，是我的自稱。先秦無論貴賤，都可自稱為朕。這裡稱「朕」，下文稱「我」，二者同義，但語氣應有不同。猷，謀略，政績。亡競，沒有競爭的對手。一說「競」同「境」，亡競就是沒有止境。「我隹司配皇天」，是說我自當繼承文武大業，配合天命，自求多福。司，同「嗣」，作嗣位配命講。《詩經．大雅．文王》有云：「永言配命，自求多福。」即此之謂。

第三段說明為了紀念此次勝利，所以鑄造了此座宗周寶鐘。並加以頌揚。「王對作宗周寶鐘」的「對」，有人根據《爾雅．釋言》的「對，遂也」，解釋為「於是」。這樣講，文理當然很通順，但也有人認為它和金文的常用詞語「對揚」意義一樣，有報答、稱頌之意。為了報答上帝百神的保祐，所以才鑄此寶鐘，做為頌揚。以下「倉倉悤悤，雉雉雝雝」八字，是狀聲詞，形容鐘聲的宏亮悠遠。雙聲疊韻互相為用，自然而又貼切。「用邵各不顯且考先王」，是說此鐘同時也是用來表示對所有祖考先王的敬意。「邵各」是金文中習見的用語，像一九七六年陝西出土的《瘋鐘》銘文就有同樣的用法。「邵」表示尊敬，已見上述；「各」同「恪」或「洛」，也一樣有恭敬遵守之意。也有人說，「邵各」即「昭假」，明告之意。不顯，即丕顯。

第四段是記錄周厲王敬告祖考先王之辭。周人承殷商之禮，以為先祖死後神靈升天，接近上帝，所以說：「其嚴在上」。銘文的「嚴」，字形與《說文解字》所引的「古文」同，義為「教令急也」，意即威嚴的「教訓」。「⿱臽泉⿱臽泉數數」也是金文中常見的狀聲詞。唐蘭說：「⿱臽泉當从泉臽聲，與《說文》『⿱臽木』讀若『薄』同，則⿱臽泉⿱臽泉數數，乃雙聲疊語，猶云蓬薄、磅礴，形容豐盛之詞也。」其說甚的。此四字即形容祖考先王教訓之威嚴，亦形容其降福子孫德澤之豐盛。「福余沥孫」的「沥」讀為「仍」，或作「聖」，或作「順」，蓋以銘文字體殘泐，難以辨認，但其解作「造福我們子子孫孫」則無疑問。「參壽隹喇」，是說像參星那樣長壽光明。「參壽」一作「三壽」，《詩經．魯頌．閟宮》：「三壽作朋，如岡如陵。」也有人把「三壽」解釋為七十歲以上三種長壽的老人。「隹喇」一作「是利」（見《晉姜鼎》），是吉利、吉祥的意思。這和下文的「㝬其萬年，畯保四或」恰好先後呼應。「㝬」，是周厲王的名字，後世典籍作「胡」，唐蘭就是據此認定此器乃周厲王所鑄。「㝬其萬年」，自祈長壽之詞。「畯保四域」，呼應上文開篇「遹省文武堇彊土」之語，可謂首尾相應。

銘文應為其臣屬所作，記事文字簡練得法，記言部分亦揣摩聲氣，稱王時有我、朕、余、誅之分，狀鐘聲時善用雙聲疊韻，而且「倉＝悤＝」、「先＝王＝」等句，還用了好幾組聯詞疊字的符號，這些都是西周初期以前所罕見的行文格式，代表漢字文章寫作的一個新里程。

第五章　春秋戰國文字概說

第五章探討春秋戰國時代，除了金文以外，有關竹簡帛書、石刻盟書、璽印古陶、符節貨布等幾類古器物上文字的概況，以及先秦古文字演變到小篆的過程。第一節談金文以外的古文字，第二節談戰國文字的演變。

以上說明殷、周金文的發展，多多少少已經涉及它們在春秋戰國期間由盛而衰的情形，但這裡不能不提醒讀者，以上所論述的重點，是以青銅器銘文為主的金文，對於銅器銘文以外的文字，其實並未論及。同時我們上文在談甲骨文時已經說過，按照文字的形成和發展，甲骨文字產生的時代，既然可以把文字刻寫在龜甲獸骨及少數的陶器上，就沒有理由不把文字書寫在竹器、木器或布帛等等日常生活的一般用具上。只是這些器物容易破碎腐爛，不能長久保存，所以書寫其上的文字，也就容易在漫長的時間變化中而隨之化為烏有了。

這種情形，當然也會發生在金文產生的時代，所幸銅鼎彝器從西漢以來，已被奉為古寶，到了宋代，著錄者多，後來更與秦、漢刻石合而衍成「金石」之學。起先，像《漢書・武帝本紀》記載：漢武帝元鼎元年（公元前一一六）六月，「因得鼎於汾水上」，以為「天祚有德」，是祥瑞的象徵，於是將年號改為「元鼎」；像《漢書．郊祀志》記載：漢宣帝時，張敞能夠辨認周朝寶鼎的銘文；還有後來像宋人劉敞、歐陽修、呂大臨等人的集錄著作等等，這些都是著名的例子。不但如此，春秋戰國銅器銘文以外的文字資料，竟然後來也發現有一些保存下來了。這些出土的文物資料，包括竹簡帛書、石刻盟書、璽印古陶以及符節貨布等等，絕大多數被認定是戰國時代的器物。有人以為根據這些實體器物上的文字，再加上世代相傳、寫在書籍上的古代文獻資料，例如許慎《說文解字》所收的「籀文」、「古文」等等，兩相對勘，應該可以多多少少推測出戰國以前古文字的風貌。

這些出土的文物，讓我們體會到文字在不斷的演進之中，它們會隨著不同的時代環境、不同的行政措施，而有所變化，同時它們也會隨著書寫在不同的器物上，或使用不同的書寫工具而呈現出不同的風貌。因此，對春秋時代注意春秋五霸，對戰國時代注意戰國七雄，論字體注意秦系文字和六國文字的不同，論書體注意不同器物上的筆法姿態，也都各有其不容否定的意義。

第一節　金文以外的古文字

這裡先對上述的竹簡帛書等等幾類器物，略作說明。

（一）竹簡帛書

竹簡帛書，簡稱「簡帛」。古人除了用來抄錄典籍、記載公私文書檔案之外，也用來記錄律法條文以及有關喪葬的祭禱和遣策（隨葬物品的清單）等等。

一、竹簡，主要指用筆寫在竹條或木片上的文字。竹條叫簡，木片叫牘或札，統稱為簡。竹簡細而長，通常一隻竹簡只能寫一行文字；木片較寬，可以寫兩行或數行。古人將竹片或木條用絲帛或皮繩編連成「策」或「冊」。甲骨文「冊」字寫成「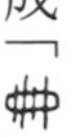」，正是竹簡編連成冊的象形；「典」字寫成「」，也正是手執簡冊的形狀。《尚書．多士》篇說：「惟殷先人，有冊有典」，《詩經．出車》篇說：「畏此簡書」，《左傳．襄公二十五年》說：「執簡以往」，可證從殷周到春秋，竹簡一直是書寫文字的用具。西漢初年魯恭王擴建宮室時，在孔子舊宅所發現的《春秋》、《論語》等書，據說就是用戰國以前的古文字寫在竹簡上。後來西晉武帝時，在今河南汲縣古墓中相傳也發現一批竹書，據說都是戰國時期的遺物。可惜這些原物早已失傳，一直到近幾十年，才在湖南的長沙、湖北的江陵、荊門、河南的信陽等地，發現戰國時代的大量竹簡。

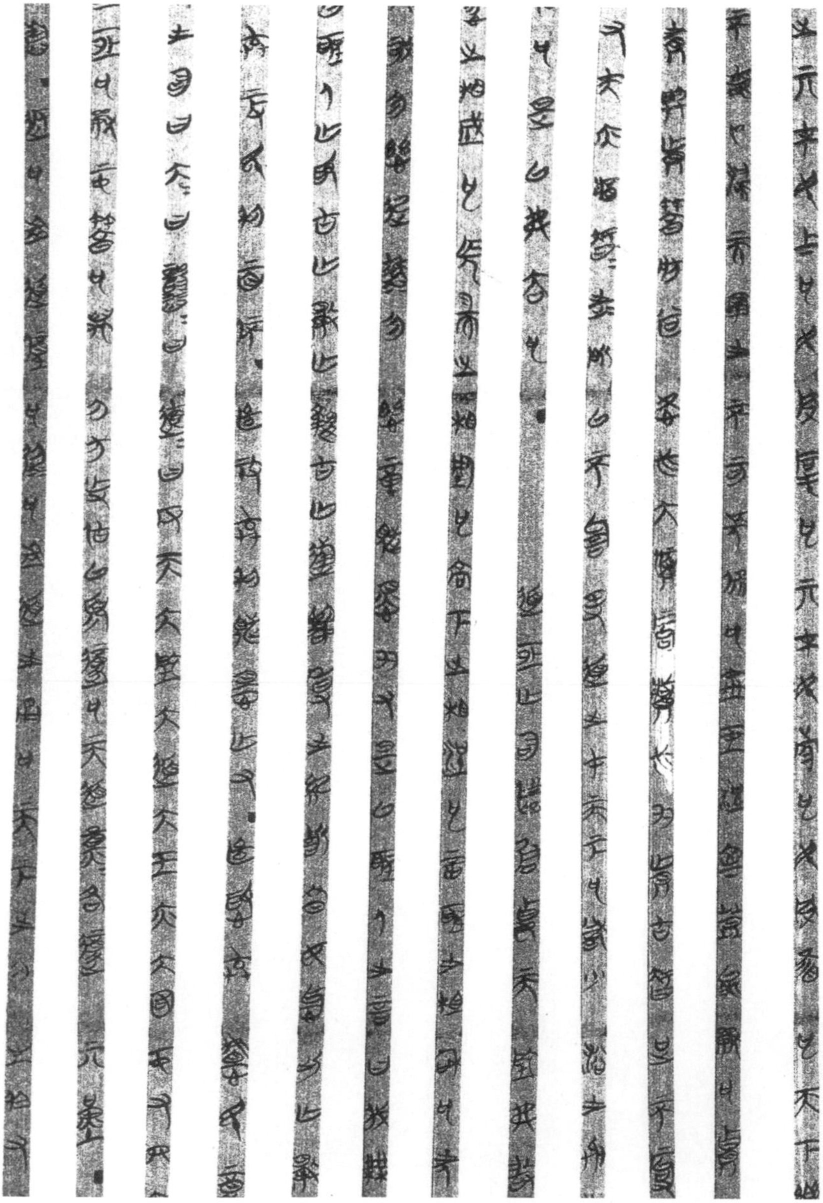

●郭店楚簡《老子》

這些地方在戰國時都屬楚國，所以通稱「楚簡」。其中最引人注意的，是《老子》、《周易》等古書的抄本。簡上的文字都用毛筆自右而左書寫，起筆粗，收筆細。在字的結構和筆畫上，常有增損繁簡並存的情形。例如湖南長沙仰天湖楚竹簡，「賤」作「戔」，而「刑」作「型」，另外，「天」字加筆畫而作「□」，「於」字省筆而作「□」等等。

二、帛書，指用毛筆寫在縑帛等絲織品上的文字，也叫繒書或縑書。絲織品在商代已經產生，它和竹簡一樣，在漢、魏時代紙還沒發明流行之前，它們都是古人早已用以書寫的物品。《墨子》書中每稱古代聖王「書之竹帛」、「鏤於金石」；《晏子春秋》書中說齊桓公「著之於帛，申之以策，通之諸侯」；《韓非子．安危篇》也說：「先王寄理於竹帛」等等可證。不過，由於竹帛非同金石，容易腐爛，所以歷代有關帛書的記載極為罕見，現在所能看到的，較為完整的帛書有兩批：一個是一九四二（一說一九三四）年盜墓者從湖南長沙子彈庫木槨墓中盜出來的。據專家考證，這也是戰國時代的產物。帛面由三部分的文字組成，內容涉及楚民族的神話人物與古史傳說，例如伏羲、女媧、祝融、共工等等，以及日月四時形成與變異的種種現象，用意在告誡人們要敬天順時，否則天必降災。帛面四周有神怪圖形，並塗有青、赤、白、黑四色，分別用十二段文字敘述一年十二個月行事的休咎宜忌，而其月名，則與《爾雅．釋天》的記載有暗合者。文字結構與楚簡相似，與《說文解字》所引錄的「古文」也頗相近。例如「天」作「□」，「行」作「□」，不但與楚簡近似，也與秦朝的小篆相近。另外一個是一九七三年

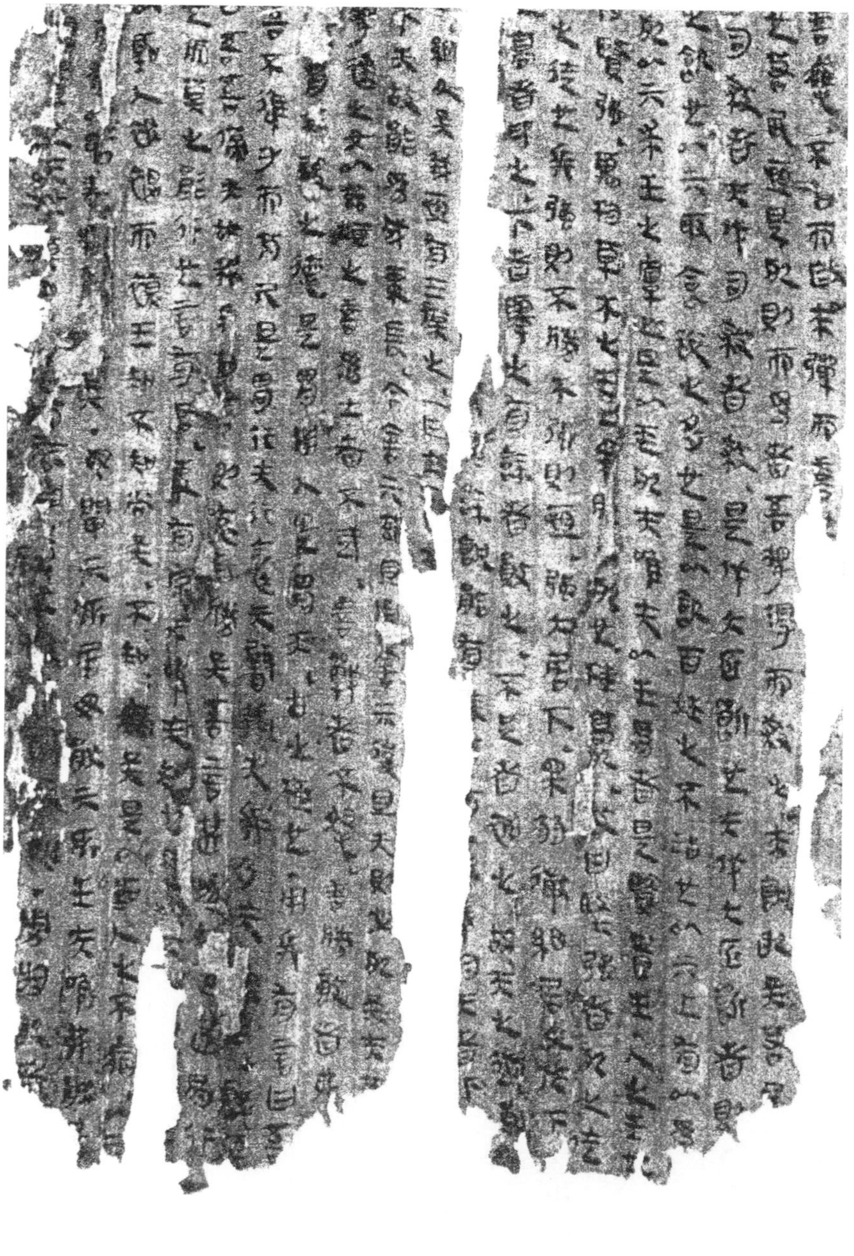

●馬王堆帛書《老子》甲本

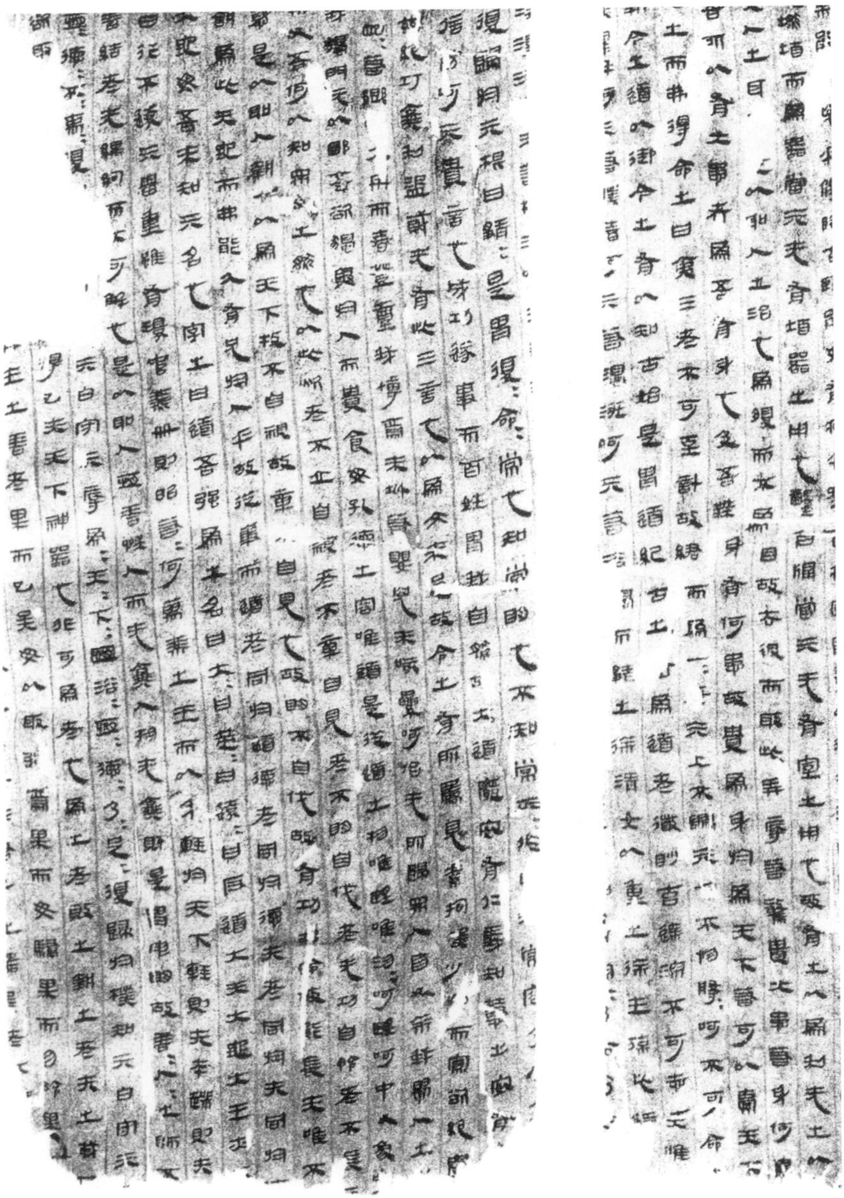

●馬王堆帛書《老子》乙本

●侯馬盟書

在湖南長沙馬王堆三號漢墓發掘出來的，包括《周易》、《老子》等等一大批帛書。據考證，抄寫的時間在戰國末年至漢文帝初年。其中《老子》有兩種寫本，一用古隸抄寫，一用今隸抄寫。前者稱甲本，後者稱乙本。二者都是德經在前，道經在後。與傳世本子略有文字修辭上的差異，而且多異體字。《周易》寫本與傳世本子亦頗有差異。

〈二〉石刻盟書

石刻盟書，指用刀筆鑿刻在玉石上的文字。玉，是石之美者，所以石刻文字也可以包括古代刻在玉石之上的盟書誓辭。這一類的文字資料，和上述的竹簡、帛書類不同。竹簡、帛書多出自南方的楚國，這一類的玉石文字資料，則多出自黃河以北的秦、晉地區。

一、盟書，一稱「載書」。古人為了重大的事件集會盟誓，或占卜記錄，或制訂公約，為了備忘，有時候會把誓辭刻在玉石之上。像一九六五年在山西侯馬的古代晉國遺址出土的「侯馬盟書」，以及前後在河南沁陽、溫縣所謂東周盟誓遺址，發現的一些盟書誓辭，就是著名的例子。這些文物的時代，一般認為是在春秋末期，但也有人認為已入戰國時代。它們多是尖首平足的圭形玉片，也有圓形或方形的，正反兩面都可書寫。多數用毛筆朱書，少數是墨書。字體與竹帛文字類似，起筆重而收筆輕。異體字非常繁複，例如「腹」字就有「[illegible]」、「[illegible]」、「[illegible]」、「[illegible]」等等不同的字形。

二、先秦石刻文字比較著名的是「石鼓文」和「詛楚文」。石鼓文是唐代初年在陝西鳳翔發現的，共有十塊圓頂的大石碑，高約三尺，直徑一尺多，上窄下寬，前人以其形似鼓，故稱為「石鼓」，後來有人因其內容記述秦國川原之美和秦王游獵之盛，所以又稱之為「獵碣」。每一鼓面刻有四言詩一首，風格近似《詩經》中的〈車攻〉〈吉日〉等篇，頗有文學價值。其中第六件所刻「吾車既工」一詩，最為著名。它的刻寫年代，歷來爭論不休，從周宣王到秦、漢、後魏、北周等等，都有人主張。不過由於出土的地方在陝西鳳翔，古屬秦之雍州，文中又提到「汧」水，亦屬秦國所有，所以可定為秦國之物，至於是秦國何代所制，則不得而知了。

石鼓文的字體形態，與周宣王時的文字，所謂「籀文」，形體比較接近，與秦始皇時的「小篆」則多有不同。例如「囿」這個字，石鼓文作「」，與籀文的「」，形體結構一樣，皆承甲骨文的「」、「」而來，但小篆則改作「」（囿）了。如此說來，它可能是周宣王到秦始皇之間的產物，有學者就考定為春秋戰國之際，即春秋時代的中晚期。

詛楚文，相傳是戰國時代秦國與楚國戰爭時，向水神詛咒楚國的石刻遺物。北宋時出土，共有三塊。一是宋仁宗嘉祐年間（公元一〇五六～一〇六三）在鳳翔開元寺中發現，叫「巫咸文」；一是宋英宗治平年間（公元一〇六四～一〇六七）在渭水朝那湫湖旁被農民發現，叫「大沈厥湫文」；一是後來的蔡挺所發現的，藏於洛陽的劉忱家中，叫「亞駝文」。內容都是秦國巫祝祈求巫咸諸神降災楚國的禱告之辭。這三塊刻石，後來不知何時遺失了，連宋代的拓本也

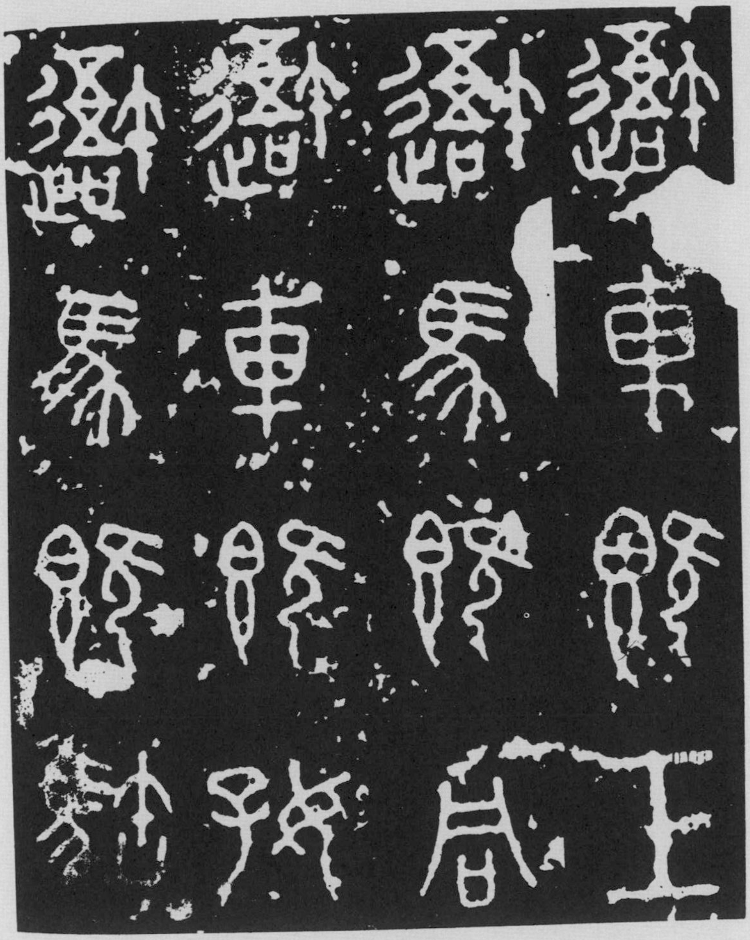

●石鼓文

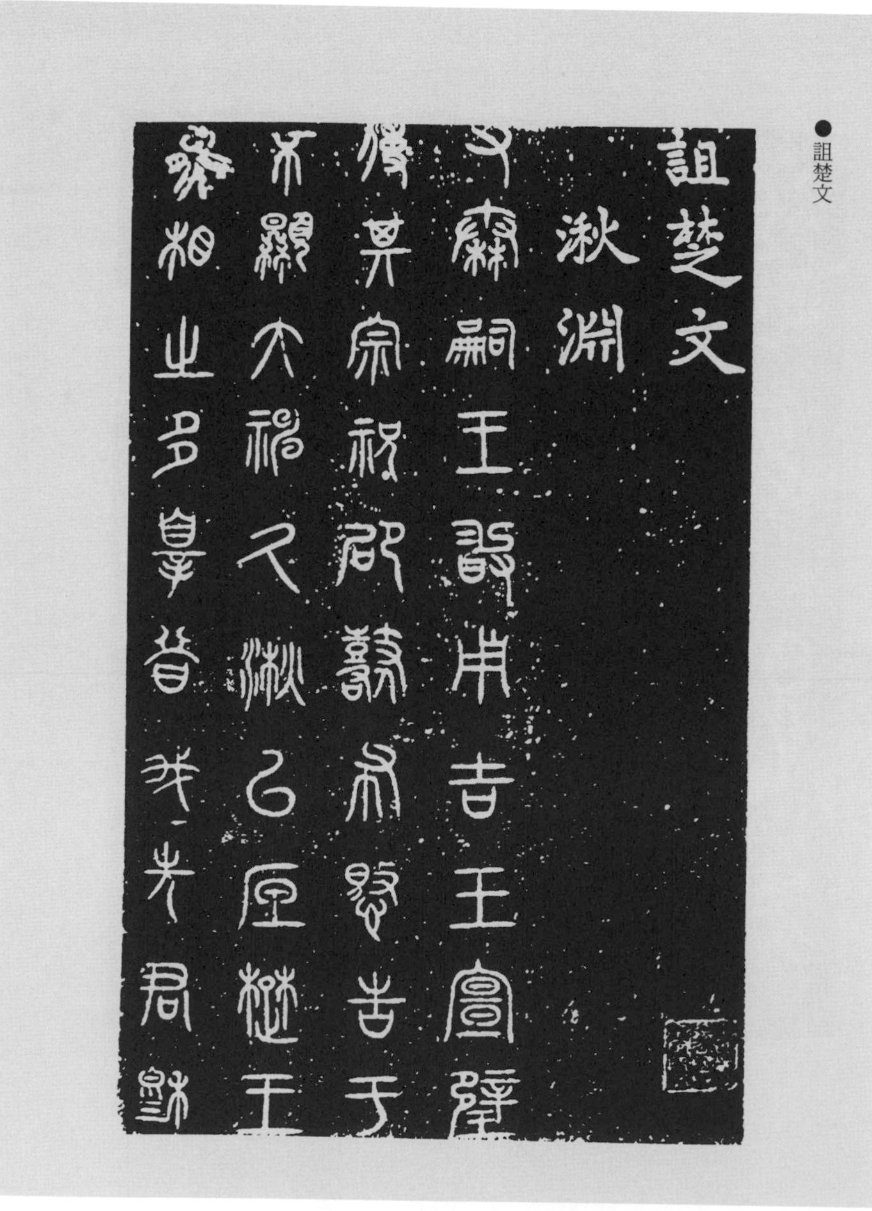

●詛楚文

早已失傳，只有轉摹本傳世。現在有些學者頗懷疑其真實性，並從文字、詞語、史實等多方面考察，認為詛楚文的字體，缺乏戰國文字的風貌和特點，反而近於秦漢時期的小篆，例如不、其、宗、祝、成、昔、盟、使等字皆然，因此認為可能是偽作。

另外，據《史記・秦始皇本紀》說，秦始皇統一中國之後，巡遊天下，在嶧山、泰山、之罘、東觀、瑯琊、碣石、會稽等處，皆刻石以頌其功德。其中嶧山刻石及泰山刻石最為著名。惜多已毀壞佚失，殘缺不全，已無法窺見原石秦篆之全貌。

〈三〉璽印古陶

璽印古陶，這裡是指先秦刻在印章或陶器上的文字。璽，原作「鉩」或「鈢」，「金」旁表示是用銅、銀等金屬製造，右旁則像是印章在封泥上用鈐後所呈現的形狀。後來寫成「璽」，表示也有用玉石製造的。當時無紙而用竹簡木牘，所以需要硬物來做印章。

一、古璽最初的主要用途，就是封緘寫在竹簡木牘上的公文、書信，以達到保密的目的。據《周禮・地官・司市》說：「凡通貨賄，以璽節出入之。」意思是說所有財物貨品的往來，都要靠印信和符節才能進出。這說明了璽印和下面要介紹的符節，在春秋前後已被廣泛使用，不但政治軍事活動，需要它做為權力的憑證，經濟往來或私人交際也需要靠它來取得別人的信

●戰國烙馬印

日庚都
萃車馬

宏一按，此戰國之烙馬印。紐上方孔是用來納木柄的，其印文明白有「日庚都萃車馬」六字。日庚，地名。萃，通「焠」。意為：日庚都管理車馬的官署，用來烙印車馬做為憑證的璽印。

任。戰國時代，政治經濟活動頻仍，為了保密，公文的傳遞，私人的通訊，物品的轉徙，常需要在封泥上蓋印記，以防中途被拆。

璽印文字，分官璽與私璽兩種。官璽多為官名，私璽主要是人名。近代以來發現的古璽很多，約近萬件。其中有官璽，有私璽，形狀大小都不一樣，甚至齊、燕、三晉、楚和秦各國的形制，也各有特色。有人說，齊璽文字筆畫比較勻稱；官璽粗獷，文字常有增筆，如「陳」寫作「塦」，「市」寫作「[土市]」，「門」寫作「閩」等；燕璽多剛勁有力，予人犀利之感，「都」寫作「[阝乇]」，「市」寫作「[㡀]」；楚璽線條流暢，秀而不媚，有毛筆書寫的韻味，「陳」寫作「陲」，「市」寫作「[坐]」；晉璽線條細勁，結構整齊，「市」寫作「[坒]」，「府」寫作「[付土]」，或「从付从貝」。秦稱印不稱璽，基本上是篆文，「市」寫作「[屮巾]」，「都」寫

●秦國璽印

【釋文：王兵戎器】

●燕國璽印

【釋文：中軍𡴧（廣）車】

宏一按，第三字舊釋為「廣」，恐誤，應作「壴」，「鼓」之初文。鼓，指儀仗車鼓。意為：此乃燕國中軍負責儀仗車鼓的官印。

●齊國鉨

【釋文：昜（陽）都邑𡍬遟（徙）𥁰（鹽）之鉨】

宏一按，昜（陽）都，地名，今山東沂水。𡍬，似「聖」，是「聚」的借字。五、六兩字，有人解作「徙鹽」。意為：此乃陽都邑聚散運鹽時所用的官印。當時製鹽、售鹽、運鹽皆須徵稅。

●戰國官鉨

和易都
□皇

頣𡒄都
司徒

郑傷
侍後
㾓

[illegible]陰都
司徒

庚都
右司馬

文糸
西疆
司寇

□宮
將行

●戰國私鉨

宋迹
㾊鉨

朱丹孫

坙
舊

樂戲

[illegible]
[illegible]

作「□」。璽印上的書法有陽文（一稱朱文）和陰文（一稱白文）兩種，一般而言，陽文筆畫細，陰文筆畫粗。其中官璽多鑿款白文，私印則多朱文。文字的結構變化比較自由，筆畫或增或減，筆勢也多所變化，例如「馬」字，可以作「□」「□」「□」「□」，「軍」字可以作「□」「□」「□」等等，不乏其例。由此可見，為了布局的美觀，寫字可以隨意增減形體，挪移部位，甚至可以訛變偏旁。因此除了實用之外，它也有其鑒賞上的價值。也因此，它雖然和甲骨文、金文在書契方式上如出一轍，但它比較靈活，已有書法藝術化的傾向。

二、陶器上刻或鈐了文字符號，自古有之。這裡專指春秋晚期以及戰國時代商業用途的陶器。當時的陶器工匠為了信譽，常在成品上面加刻或範上若干文字，做為印記，以示區別。從原始社會以來，陶器一直是民眾日常生活的用具，用途很廣，可是在戰國前後，它卻和璽印文字一樣，除了作日常實用器具之外，也可做為印記或觀賞之用。這類先秦古陶的出土，大約是在清末同治光緒年間；「前有齊魯，後有燕趙」，主要的地區在今山東臨淄、河北易縣等地，後來在鄭州、洛陽（當時屬韓）、咸陽（當時屬秦）等地也有發現。陶器上的文字，多記里名或陶工身分名字，很少記年月的。一般而言，字數很少，多數一至十餘字不等。文字的結構形態，和璽印文字一樣靈活，俗體字、異體字也很多。

● 清末山東臨淄出土古陶器殘片

楚□□
蘆里賞

楚□□
蘆里□

● 戰國古陶印文

蔓圖
匋里
人徙

北里
壬

圖衆
□

北里
五

□王

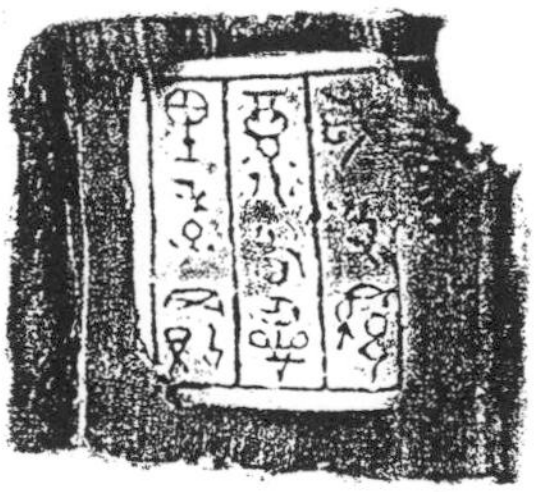

右敀□
□□愳
里季䍐

蔓圖
匋里
人慭

〈四〉符節貨布

符節貨布，指戰國前後用於軍事和商業的信物。戰國已由青銅進入鐵器時代，青銅器日少，銘文也日趨簡約，多「物勒工名」，器物上只記載制作者的身分名字。甚至有的字體還附上蟲鳥等裝飾性的圖案。這一類近於俗體的文字，多見於兵器和量器之上。

一、符節用於軍事。符，指調兵遣將時用作憑證的兵符；節，指過關驗證時用以取信的金節。兵符一般分為左右兩塊，君王持右半，將帥持左半，合符才能發兵。目前能見的戰國兵符極少，最著名的是「新郪虎符」。新郪，是當時魏國之地，據王國維等人考證，此符當是戰國末年秦滅魏國前後所鑄。符作虎形，銘文結構勻稱，筆勢端正，近於小篆。金節，原指金屬制成的符節，最著名的是楚國的「鄂君啟節」，相傳也是戰國中晚

●新郪虎符

●鄂君啟節

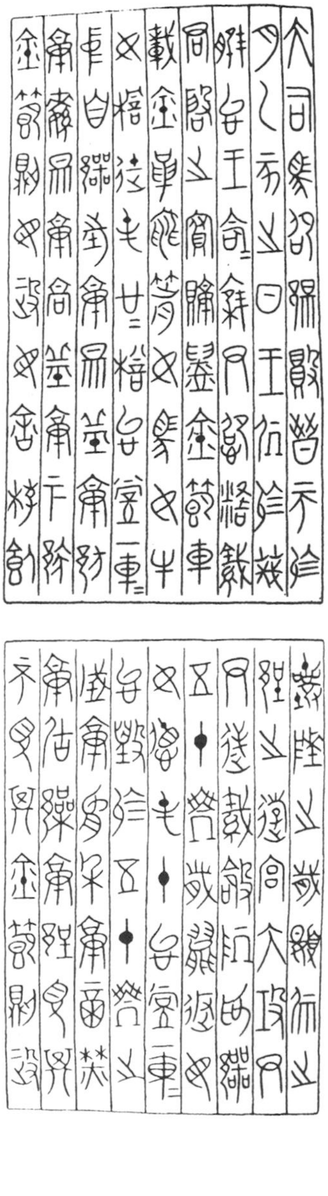

●韓國·平肩方足平首布

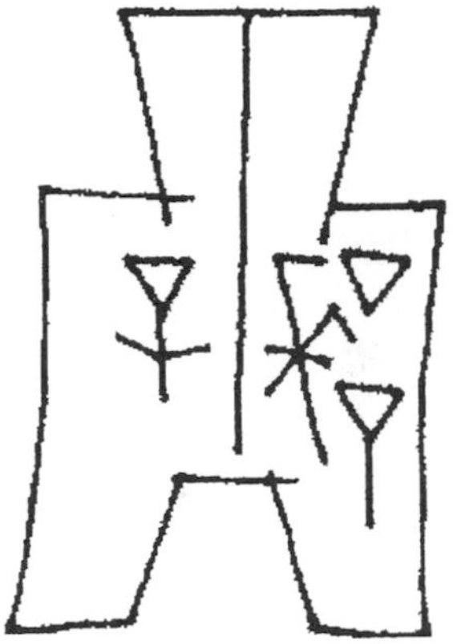

【釋文：鄍（長）子】

●魏國·圓肩圓跨平首布

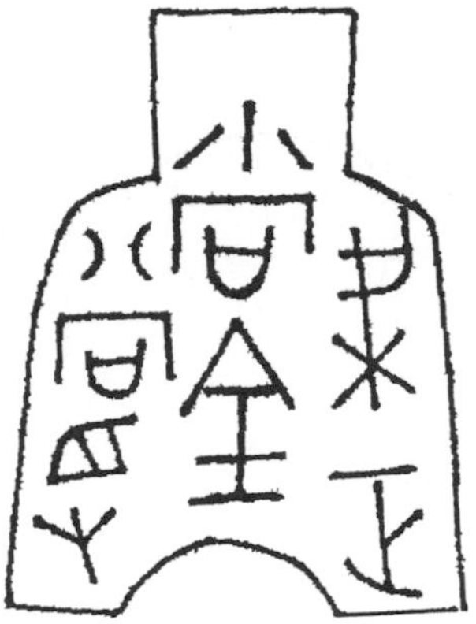

【釋文：梁正㡀（幣）百尚（當）寽（鋝）】

期楚王為鄂君啟所鑄之物，用以水陸舟車通行之用。

二、貨布用於商業。貨布，泛指古代的錢幣。貨、布、刀、泉等等，都是古錢的通稱。上古以物易物，沒有錢幣。商代還以龜貝代貨幣之用，到春秋以後，才有金屬制作的錢幣。現在所見的先秦古錢，大多數都是戰國時代的遺物。從它們不同的形制、出土的地區以及幣上所刻的地名，大致可以分辨出原屬何國所有。它們的形制，有的像小鏟子，是古代一種農耕工具，名稱叫做「布」；有的像漁獵所用的刀，就叫做「刀」。各按其不同的形狀、產地，給予不同的名稱。例如「空首布」、「平首布」出在關洛地區，當屬周制錢幣；「尖首刀」、「明刀」出在北京、山東附近，當屬燕、齊錢幣。圓形的錢流通於秦，貝形的錢流通於

●趙刀，又稱趙直刀

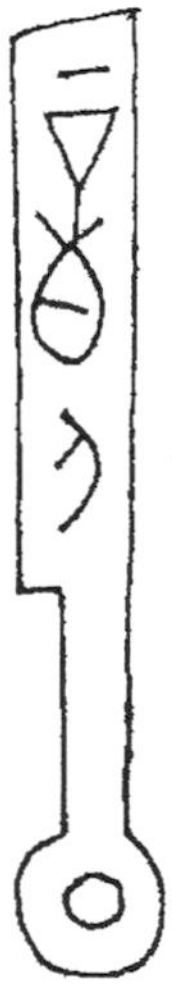

【釋文：言（圁）刀】

●燕國．明刀

【釋文：明】

楚。貨布上的鑄文，通常只有三兩個字，大多簡率，難以辨識，其形體結構已經逐漸脫離象形文字的原有形態，而且筆畫的訛變現象也頗為嚴重。

從以上的敍述中，可以看出漢字的發展，經由春秋到了戰國的時代，由於書寫用具和書寫方式的多樣化，文字的形體結構和筆畫姿態，也變得非常繁雜，簡化繁化的都有，表音的現象越來越多，各國文字中異體字、俗體字都很流行，各有各的特色。一般而言，為了減低學習和書寫的難度，所以趨簡；為了提高表達和區別的功能，所以增繁。雖然說萬變不離其宗，但古文字實在已經到了不能不加以改革整頓的時候了。

第二節　戰國文字的演變

接著，我們要從另一個觀點，來談戰國文字演變到秦小篆的過程。它牽涉到所謂籀文、「古文」和大篆、小篆等等的問題。

〈一〉

有人說戰國文字上承甲骨文、金文，下啟秦篆古隸，是漢字發展史上的重要階段。它大體上指的是公元前四五百年到公元前二百年左右，從春秋末年三家分晉到秦朝統一中國的這段時間，所有出現在鐘鼎彝器、符節貨幣、石刻盟書、璽印古陶以及竹簡帛書等等文獻器物上的文字。這些先秦的古文物，由於秦始皇的焚書坑儒及一些強硬措施，到漢代以後，頗有一些已經罕人知見，它們所使用的文字，更非一般人所能辨識。因此，秦朝便成為古今漢字的分水嶺。也因此，要明白箇中的道理，不能不從秦國如何承襲西周文化說起。

我們知道西周末年，周宣王的兒子周幽王繼位以後，荒淫無道，朝綱不振，被入侵的犬戎殺死。他的兒子周平王繼位，都城東遷洛陽，而把西周王畿故地賜給了勤王退敵的秦襄公。因此秦國便擁有了西周的豐鎬故都之地，同時也就繼承了以禮教為中心的西周文化。

上文說過，在周宣王（公元前八二七～七八二）的時代，太史籀曾對文字作了一番整理，編寫了一本名叫《史籀篇》的教材，用來教人認字讀書，後人就稱他所整理的文字為「籀文」。秦國所使用的文字，繼承的就是這個文化傳統。

史籀整理文字、編撰字書，是不是奉宣王之命而作，我們不敢確定，但他為什麼要整理當時的文字，編寫教材，想來理由不外是兩個原因：一是當時的文字形體頗為紛歧雜亂，所以有待調整，加以規範。有人就曾根據《禮記．中庸》所載：「（子曰：）今天下車同軌，書同文，行同倫」等文字，推測西周中晚期至春秋時，曾有過一次「書同文」運動。（見黃德寬《漢語文字學史》）；二是當時周朝為培養人才，文字還缺乏統一的教材，所以需要重作整理。

對於這兩個問題，我們還可以同時作進一步的思考，問籀文是根據什麼文字來整理修訂的？這個問題似乎不難回答。當時盛行的文字是金文，即鐘鼎文，所以一般人的回答應該是：籀文從西周以前的金文演進而來。

這樣說，不能說錯了，但絕對說得不周全、不完整。因為西周以前，或者說周宣王以前，朝野上下，大家所使用的文字，不止金文，還有上面說過的陶文、甲骨文和竹簡文字等等。況且商代以來的金文，也並非一成不變。所以說籀文是從金文演進而來，恐怕把問題看得太簡單，有以偏概全之虞。同時上文也說過，孔子以前，能接受教育的，多是貴族子弟，而甲骨文和金文所用的原料器材，龜甲、青銅等等，也正是王室貴族才可能擁有，因此談這個問題，不能不考慮文字使用的實際情況。

文字的使用，就字體而言，自古以來，原本就可以有雅俗正譌之分，有正式和非正式的不同。王室所用的，官方所用的，正式場合如祭祀典禮所用的，一定會要求雅正，至於日常生活所用，則不妨求其簡便。就文字使用的器材而言，王室豪門所用的甲骨、青銅，在上面刻鑄文字時，希望傳之久遠，必然力求典雅；但同樣的文字符號，寫在陶器或竹簡這一類民間易得的材料上時，求其簡便而用了俗字、異體字，則應該也是人情之常。

因此，籀文所根據承用的文字，主要是金文，即當時王室、官方、正式場合所用的雅正字體，這一點應無問題。起碼是以此為主，而或兼採了其他通行的文字符號。甲骨文與金文的字體即使不是一脈相承，至少也是同時並進，必為籀文之所本，其他如陶器、竹簡上的文字符號，為日常生活或民間群眾所通用者，應該也是當時籀文斟酌參考採用的材料。因此，許慎《說文解字．敍》說：「及宣王太史籀，著大篆十五篇，與古文或異。」這些話值得我們注意。「大篆十五篇」，自指《史籀篇》無疑。如此說來，籀文似可與大篆劃上等號，但大篆究竟何所指，它與「古文」究竟有何關係，這又是我們該作進一步思考的問題。

〈二〉

為了說明這些問題，下面我們將分為幾個層次來討論。先從太史籀的《史籀篇》談起。

如上所述，太史籀是周宣王的史官，名字叫「籀」。但有學者以為「籀」和「讀」可以互相轉注。籀，也就是讀書識字的意思。因此所謂「太史籀」，亦即太史教人讀書識字之意。甚至有學者以為編撰《史籀篇》的史官，應是周幽王的內史桀子（一作掫子），或春秋戰國之際的史留。

周朝的《史籀篇》，我們現在已經看不到原貌了，但從後來秦朝李斯等人模倣它所作的《倉頡篇》等書來看，仍可推定它應該是四字一句、三句一韻的字書，便於學童誦習。易言之，它不只整理、統一了文字的形體結構和筆劃姿態，而且也開始重視文章的內容和修辭的技巧。因此，它可做為天下學子的共同讀本。所以有學者說史籀是周宣王以後的史官，正好說明了此書在周宣王之後，流傳於後世的事實。

對此，我們還可作如下合理的推論：《史籀篇》編成之後，依照《周禮．大行人》的記載：「屬瞽史諭書名」、「外史達書名於四方」，周朝王室必定通令天下，採作教本。至少有下列三個趨勢，值得我們參考：

（一）《史籀篇》沒有採用的字和其他的各種俗體字、異體字，雖然沒有採入教本，但當時一定還是有人照樣在使用，不可能一概廢棄禁止。換言之，《史籀篇》雖經周王朝通令天下採用，但不同地區、不同時代所流傳的俗體、異體文字，仍然會有存在的可能。

（二）周宣王之後，就是周幽王。周幽王在位十一年（公元前七八一～七七一），被犬戎殺死之後，他的兒子周平王繼位，即由陝西西安附近的鎬京，遷都到河南的洛陽，從此也就進入歷史上所謂的春秋時代。從此鎬京叫宗周，洛邑叫成周。從此王室衰微，霸主繼起。西周的豐鎬王畿故地，既為秦襄王所有，西周的禮教文化，當然也就為秦國所傳。

秦文公是秦襄公的繼承人，距離周宣王不過五十幾年，原來周王朝通令天下，用來教人讀書識字的《史籀篇》，即使諸侯列國不統於王，或有增損，至少在周、秦管轄的地區，繼續保存傳承下來，繼續採作教本，則是必然之事。否則就沒有上述桀子、史留所作，以及後來秦朝採籀文改作小篆的說法了。

（三）從春秋末年（周敬王四十三年，公元前四七七）到秦始皇即位（公元前二四六）的兩百多年間，即所謂群雄並起的戰國時代，「諸侯力政，不統於王」、「禮崩樂壞」的結果，不但周王朝無力節制諸侯列國，而且諸侯列國之間，也各自為政，互相攻伐，爾詐我虞，或合縱，或連橫，最後造成了秦國與六國群雄東西對峙的局面。「田疇異畝，車涂異軌，律令異法，衣冠異制，語言異聲，文字異形」，秦與諸侯列國之間，不但政治經濟文化發生大變動，連彼此之間的語言文字，也開始有了交流溝通上的困難。

因此，《史籀篇》在春秋戰國的時期，勢必隨周王室而逐漸式微，山東豪傑並起，六國群雄分立，做為藏禮之用的鐘鼎彝器少了，銅器上的銘文短了，字體上卻增加了很多裝飾用的線條和紋路，但相對的，媵器、弄器多了，銅幣、符節、璽印等等商品化的器物多了，隨著政治經濟的發展，社會型態的轉變，文明技術的進步，策士游民的興起，漢字的應用範圍逐漸擴大了，原先不是貴族的平民也接受了教育，不同社會階層的人也逐漸多了起來，因此殷周以來大家所使用的文字，除了繼續鑄刻於銅器、符節之外，還大量用之於其他的器物上。隨著器材用具的不同，字的形體也就有所變化，有的刻之於玉石，有的殖之於陶瓦，有的契之於刀布，有的書之於竹帛，書寫的方式也自然更趨向於多樣化和庶民化。文字的線條在刻劃時，不但破圓為方，變曲為直，省減筆畫，以求快速，而且毛筆和竹帛的廣泛使用，也使漢字的書體，從戰國時代開始，更趨多元。也因此，種種不同的異體字、俗體字、手抄字紛紛出現了，不但太行山以東的六國地區，不再拘於金文舊體或籀文格式，特別是南方的楚、吳、越等地區，還發展了鳥蟲形狀的「繆篆」、「鳥蟲書」，表現了強烈的地域色彩，甚至連周、秦所管轄的地區，在沿用籀文之外，也開始流行篆體以及所謂「古隸」一般民眾所使用的草化簡化文字了。

其次，談籀文與大小篆以及古文之間的關係。談論這些，首先涉及的是秦始皇統一文字的問題。

第三節　秦始皇統一文字的問題

〈一〉

秦的先世，起於西陲，地在隴西，即今甘肅天水、清水一帶。到了秦襄公，因襄佐周平王退敵東遷有功，受封岐山以西的豐鎬故都之地，才列於諸侯。時為周平王元年，即公元前七七〇年。從此秦歷經春秋、戰國，沿著渭河流域逐步蠶食鯨吞，向東發展，遠交近攻，終於在秦始皇二十六年（公元前二二一），統一了全中國。統一之後，秦以其威權強勢推行了一些政治措施和文化政策，對後來中國政治文化的發展，影響至為巨大。

統一文字，所謂「書同文」或「書同文字」，就是其中之一。「書同文」是《中庸》所記孔子之語，「書同文字」則是秦刻石上的宣示。據《史記・秦始皇本紀》說，秦始皇三十四年（公元前二一三）採納李斯的建議，焚禁古書，「非秦記皆燒之，非博士官所職，天下敢有藏《詩》、《書》、百家語者，悉詣守尉雜燒之。有敢偶語《詩》、《書》者棄市，以古非今者族。吏見知不舉者與同罪。令下三十日不燒，黥為城旦。所不去者，醫藥卜筮種樹之書。若欲有學法令，以吏為師。」這對中國固有文化，當然是一大摧殘。

同時，秦因久處西陲戎狄之地，原與東方諸侯各國少有往來，春秋以後，雖居宗周故土，接受了西周的禮教文明，但也因此在文化的發展上，趨於保守。王國維在〈戰國時秦用籀文六國用古文說〉一文中就說：「其文字猶有豐鎬之遺，故籀文與自籀文出之篆文，其去殷周古文反較東方文字為近。」這說明了三件事實：

（一）秦與東方諸侯各國的文字，都同樣源出殷周的古文字。

（二）秦除了沿用周宣王以來的籀文之外，應當還參酌籀文改造了屬於自己國家原有通行的文字或字體，它叫篆書或篆體。「篆」，即「引書」，也就是畫長線條的意思。大概也是用來形容隨物象形。

（三）秦的文字雖有變革，但因作風保守，與殷、周古文字的形體結構仍然比較接近。從春秋戰國以迄秦始皇即位之初，它自成一個體系，我們可稱之為秦系文字。

王國維的言下之意，似乎說明東方諸侯各國的文字變革較多，所以去「殷周古文」反而較遠了。

這裡所說的「殷周古文」，當然是指以籀文為主的一切殷、周古文字。如上所述，這些古文字在籀文之前，必然已經存在，在籀文之後，也依然存在。文字是隨時代而不斷演變的，秦與其他的諸侯各國，在籀文推行之前，原來應該已各自有使用的文字特徵。他們生活在不同的地區，有不同的工作需求和語言習慣，所以他們所使用的文字，不可能完全相同，加上時代的變遷和個別的因素，即使要求他們使用同樣的文字，不同地區、不同時代、不同使用者所寫的文字體和書體，也都可能會有差異。所謂「是非無正，人用其私」。因此籀文的推行，在不同的地區，必然會有不同的反應。有人說山東魯國是周公封地，崇尚禮教，所用文字應與同屬西周體系的秦國文字比較接近，例如「商」這個字，西周金文作「」，籀文作「」，秦系文字〈秦公鐘〉作「」，這與《說文》中的「古文」所謂六國文字作「」或「」，果然

有比較大的不同。但秦、魯之間，必然仍有不同。秦仍周舊，「猶有豐鎬之遺」，那是就其保守一面來說的；在籀文之外，他們本來就有自己早已使用的字體和書體，因此在承襲沿用籀文之後，參考籀文來改進自己早已使用的文字，使之更為簡便，這也是無庸置疑的事。《說文解字》在「艸」部的「芥」字之前，有「左文五十三，重二，大篆從茻」十一個字。王國維據此核對小篆「芥」字以下五十三字，認為它們不出自《史籀篇》，衡以許慎自稱「今敍篆文，合以古籀」的原則，它們既不出於《史籀篇》，自然來自「秦書八體」中的「大篆」無疑。如此說來，籀文和大篆果然不能劃上等號。

〈二〉

秦國如此，其他諸侯各國自亦如此。這種情況，演變到戰國時代，於是產生了嚴重的文化歧異現象。前面引用過《說文解字．敍》的一段話，現在更加完整的引錄於下，以便做為下文討論的依據：

> 諸侯力政，不統於王，惡禮樂之害己，而皆去其典籍，分為七國。田疇異畝，車涂異軌，律令異法，衣冠異制，言語異聲，文字異形。秦始皇初兼天下，丞相李斯乃奏同之，罷其不與秦文合者。斯作《倉頡篇》，中車府令趙高作《爰歷篇》，太史令胡毋敬作《博學篇》，皆取史籀、大篆，或頗省改，所謂小篆者也。

> 是時，秦燒滅經書，滌除舊典，大發隸卒，興戍役，官獄職務繁，初有隸書，以趣約易，而古文由此絕矣。
>
> 自爾秦書有八體，一曰大篆，二曰小篆，三曰刻符，四曰蟲書，五曰摹印，六曰署書，七曰殳書，八曰隸書。

這段話有四個重點，說明了秦始皇統一文字的前因後果。簡述如下：

第一段是說前因，由於戰國七雄各自為政，不尊周室，禮壞樂崩，因此發生了「言語異聲，文字異形」等等的嚴重歧異現象。這說明了六國文字和秦國原來通行的大篆，在形體上起先是不一致的。

第二段承接上文，說明為了革除這些嚴重的歧異現象，所以李斯等人在秦始皇統一天下之後獻策，「乃奏同之」，要化異為同，「罷其不與秦文合者」。意思就是把其他各國流行使用的文字統合起來，只要「文字異形」，與秦國不同形體姿態的，都要廢棄革除。這是去其異，然後求其同。由丞相李斯作《倉頡篇》，總攬其事，中車府令趙高作《爰歷篇》，供獄吏之用，太史令胡毋敬作《博學篇》，記天時星曆之事。他們「皆取史籀、大篆，或頗省改」，改造成為一種號令天下通行的新字體，也就是「小篆」，來要求天下「書同文」。此亦即漢代人所謂的「三倉」。

第三段說明秦始皇焚書坑儒、統一文字、使用小篆之後，秦國之外的一切古文字，在官府正式文書中幾乎都滅絕了，反而官吏以及民間為了書寫的簡易方便，自然形成而大量使用的另一種叫「隸書」的新字體，應運而生了。

第四段歸結上文，說從此秦國所使用的文字，共有八種書體，包括大篆、小篆、隸書以及刻符、蟲書、摹印、署書、殳書。

總結而言，秦始皇的統一文字，是古文字和今文字轉變的一大關鍵。上引文中最值得我們注意的問題，歸納起來有兩個重點需要作進一步的補充說明。一是「小篆」取「史籀、大篆」、「或頗省改」的問題，一是秦朝篆、隸興起後，「秦書有八體」的問題。第一個問題，仍與秦始皇的統一文字有關，第二個問題，則已涉及秦漢之際文字的演變與發展，將併入下章討論。

〈三〉

先談第一個問題，討論小篆的成立，與籀文、大篆、古文之間的關係。

李斯等人所奏請通行的「小篆」，重點在國家統一的前提之下，齊一天下文字。從消極面說，是要「罷其不與秦文合者」，只要不符合秦國通行文字的，都要廢除；從積極面說，則是根據秦國所通行的「史籀、大篆」，對已有文字加以改造。所謂「或頗省改」，那是表示有的沿用原有的籀文大篆不改，有的則為了去其形體上的繁疊，才加以省改。省，是省減筆畫；改，是變易形體。省是為了書寫的方便，改是為了正其訛誤，求其雅正。

這樣說來，小篆是依據秦始皇以前秦國所通行的籀文和大篆省改而來的，有前後傳承的關係，並不是李斯等人的創造。班固《漢書．藝文志》就說李斯、趙高、胡毋敬三人所作字書，「文字多取《史籀篇》，而篆體復頗異，所謂秦篆者也」。這說明了李斯等人所作的「三倉」，多仿自西周末年的《史籀篇》。它們不只指字的形體姿態，應該還指四字成句、隔句押韻的修辭格式。以「倉頡」、「爰歷」、「博學」為名，雖似有以倉頡造字自許之意，但主要都取自首句的前二字而成。例如李斯《倉頡篇》的篇首是「倉頡作書，以教後嗣。幼子承詔，謹慎敬戒」，趙高《爰歷篇》的篇首是：「爰歷次貤，繼續前圖……」，顯然都以首句前二字名篇。（以上見王國維《倉頡篇殘簡跋》）而所謂「篆體復頗異」的「秦篆」，這裡應是大小篆的合稱。大篆與小篆，相對而言。小篆既指李斯等人改造以後的新體，則大篆應如清代段玉裁所說的「上別乎古文，下別乎小篆」，是指戰國以前較為古老的秦系文字。那些文字，對秦漢以後的人而言，自然是「古文」，即古代文字，可以包括殷周的籀文、金文等等。因此，歷來有些學者把金文以下、小篆以前的秦系文字，概括稱為「大篆」；也有學者根據《說文解字．敍》「及宣王太史籀，著大篆十五篇」以及「皆取史籀、大篆」句中的「史籀、大篆」，把史籀、大篆二者連讀，視為一事，因而主張：籀文亦即大篆。事實上，這些都是有待商榷的說法。

上文曾提到王國維有一篇〈戰國時秦用籀文六國用古文說〉，這裡正可作進一步的說明。大概民初以來，從王國維開始，陸續有一些學者把籀文和春秋戰國時期的秦系文字拿來做對照，比較其字體的異同。他們先是錄出《說文解字》所引用的「籀文」共約二百二十四字，再拿來和小篆以及目前所能看到的秦系文字資料，例如「不其簋」、「秦武公鐘」、「秦公簋」、「石鼓文」、「詛楚文」等等，一一對勘比較。他們的研究方法頗為客觀，研究成績也頗有可觀，可謂後出轉精。他們得出的結論是：〈史籀篇〉文字從春秋到戰國初期，對秦文字都很有影響力，到了戰國中晚期，即秦孝公以後，其影響力才略見衰退。換言之，秦人所使用的文字，確實受到籀體的影響，但與籀文相合的篆體，春秋時期比戰國時期多；秦人在書寫時，使用籀文字體的比例，也隨著時代的先後而遞減。越到後來，秦人實際使用的文字，與籀體漸行漸遠。這說明了籀文和春秋戰國的秦系文字，雖有承應的關係，但還是有分別的，不能劃上等號。所以，所謂「大篆」，應指受到籀文影響的春秋戰國時期的秦系文字，不應與「籀文」混為一談。

至於王國維「六國用古文」的說法，後來的學者也作了若干的補充和修正。在秦、漢人對古文字的用法中，「古文」的意義有二：一是泛稱，指戰國以前的一切古文字；一是專稱，指《說文解字》書中所引用的「古文」。西漢景帝、武帝間，魯恭王為了擴建宮室，在孔子舊宅發現了用戰國以前文字所書寫的《尚書》、《春秋》、《論語》等簡冊，通稱「壁中書」。同時北平侯張蒼也獻上《春秋左氏傳》。這些都是用古文字寫在簡策上。後來東漢許慎編《說文解字》，採入書中，即稱之為「古文」。這也就是王國維等人所說的東土六國文字。

《說文解字》一書所收的「古文」，約共四百五六十字。也有學者拿來和目前可見的春秋戰國東土文字資料，包括「侯馬盟書」、「三體石經」、「楚帛書」、「包山竹簡」等等，對勘比較，發現從春秋到戰國，六國所用的「古文」，多與籀文相合，而能在秦系文字資料中找到對應字的，則不多見。相合字例的多寡，足以窺見它們之間關係是否密切。因此可證：籀文對於秦或六國，對於西土或東土，起先都有其一定程度的影響，但由於周朝日衰，諸侯力政，各國文化的差異日見擴大，籀體字的使用日見減少，有的地方為了因應生活的需要和環境的變化，或者為了實用的功能和藝術的美觀，也難免對既有的文字加以增刪改易，甚至另造新體。又由於戰國時代的東西對峙，秦與六國的文字，在原先通行共用的籀文之外，逐漸產生了各自特色的字體，秦用篆文，六國用「古文」，甚至晉、楚、燕、齊等等，都各自有自己的新字體，成為後來所謂的俗體、異體字，也就無足多怪了。等到秦始皇統一天下之後，覺得「言語異聲，文字異形」，不能不統而一之，因此盡捨六國多歧之「古文」，而專用秦地既有之篆體，這又何嘗不是理所當然之事！

至於小篆對籀文、大篆有所省改的例子，以及秦與六國文字的異同，請見下列所附的圖表，互相比較，即可略知一二。

常見璽印文字形體不同地區對照表

地區／文字或偏旁	齊	燕	楚	晉（韓、趙、魏）	秦
陳					
市					
中					
馬					
金					
言				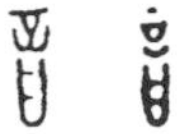	
長					

宏一按，上表依據陳光田《戰國璽印分域研究》參考羅福頤主編《古璽彙編》列舉。表中所列，包括戰國七雄在內（晉即後來的韓、趙、衛），各自代表戰國時代不同地區文字形體的特色。互相比較，應可窺見秦與六國文字的異同。

第六章　秦書八體

第六章承接上文，以討論秦書八體為主。第一節談秦書與大篆、小篆的關係，第二節談大篆與小篆以外的六體，主要是篆、隸之間的問題。

第一節　秦書八體與大篆、小篆

〈一〉

本章接續上文，先討論秦朝篆、隸興起後，「秦書有八體」的實際內容。

所謂「秦書」的「書」，應指書體而言，而非指形體結構的字體。「八體」之中，大篆是小篆的前身，小篆是秦朝官定的標準字體，隸書根據篆書草化而成，是一般吏民為省易簡便所使用的簡體。這些問題，上文都已略曾提及，現在再作補充說明如下：

大篆和小篆既相對而言，又前後相承，它們在字體結構上必有很多相似之處，即使或有省改，主要的形體特徵必然還是會保存下來。而且，文字的演變都是漸進的，有其自身發展的規律，因此，小篆由籀文、大篆演變而來，應該也是漸進的，不可能秦始皇接受李斯的建議後，新舊的字體在一朝一夕之間就完全改變過來。李斯等人所用的小篆，既然要做為官定的標準，勢必多在戰國以前，有些字秦人早已使用過，已經約定而俗成；有些字需要加以「省改」的，也必然符合簡易和雅正的原則。因此小篆推行之後，大篆仍然有人使用，這是可想而知之事。

我們從目前可以看到的秦系文字資料，如「秦公鎛鐘」、「秦公簋」、「秦山刻石」、「陽陵虎符」等等，大致可以看出秦篆書體的風格，但如果想據此以論大篆與小篆的差異，恐怕證據還不夠充足。這或許也是漢代許慎《說文解字・敘》在論述「自爾秦書有八體」時，還要在「小篆」之前冠上「大篆」的原因。

〈二〉

我們現在要談小篆，最主要的資料，當然是東漢許慎《說文解字》一書中所收錄的九千三百多字。據此來與歷代先後出土的其他秦國金石文字資料互相比較勘對，多少可以看到小篆的形體特色。經過比較勘對之後，研究者大都同意小篆在形體方面，對文字偏旁的性質、位置和書寫的筆數，有下列的這些特點：

（一）字體的形態一律線條化，以直代曲，破圓為方。

「篆」的意義，上文已略為論及，據《說文解字》的解釋，說是「引書」，而「引」的意義，據王筠《說文句讀》說，是指「運筆」。可見篆書或篆體，有引而書之的畫長線條之意。例如我們看「王」這個字，甲骨文作「」或「」等，金文作「」或「」等，形體都比較豐肥，但小篆則用細瘦之筆作「」，使之線條化；再看「天」這個字，甲骨文作「」或「」等，金文作「」或「」等等，到了小篆則作「」。簡而言之，破圓為方，以直代曲，以細瘦代豐肥，一律使之線條化。這種線條化的趨向，為漢字的隸變以及後來的分部歸類，提供了有利的條件。

（二）字的筆畫規範化，不能再隨意增加或減少。

例如「言」和「音」這兩個字，在古文字中是容易相混的。甲骨文皆作「」或「」，二字為一字；金文中的「言」字作「」，而「音」字作「」或「」。寫法或從甘（），或從口（），增減不拘，仍可相通互用。但到了小篆，則「言」字的形體結構固定作「」，從口，辛聲；「口」是形旁，是義符，「辛」是聲旁，是聲符。而「音」字的形體結構，固定作「」，從甘，辛聲；「甘」是形旁、義符，「辛」是聲旁、聲符。如此一來，言、音二字就判然有別了。這無疑會為形聲造字創造了有利的條件。秦以後形聲字的大量增加，應該與此有關。

又例如「鳥」和「烏」這兩個字，在古文字中亦多相混。「烏」的象形中，有沒有眼睛那個符號原本也不計較的，但到了小篆，看得出眼睛的鳥固定作「鳥」，泛指鳥類，看不出眼睛的烏卻固定作「烏」，專指烏鴉，從此這兩個字也就容易分別了。

（三）字的形體定型化，偏旁結構也趨於統一

筆畫不能隨意增減之外，偏旁結構也趨於統一，上下正反的方位都不可再隨意移置。例如：「正」這個字，在甲骨文中可以作「」或「」，金文可以作「」或「」，書法正反皆可，都有「止」即「足」的形義，但到了小篆，則正反有別，分化而成為二字。正寫作「」，意義是「是」，反寫作「」，另立新義，說是「反正為乏」，意義是「乏」。上文說過的「牢」字，原來「牛」的偏旁，可以從「羊」從「馬」，但到了小篆，固定以從「牛」的「牢」做為總稱。因此，小篆一方面統一了秦以前古文字的形體，一方面也淘汰了戰國時代滋生繁多的異體字。

同時在小篆中，意義相近的字，也往往加上了形狀相同的偏旁。例如：「其」這個字，甲骨文作「」或「」，金文作「」或「」，籀文作「」或「」，本來就是簸箕的象形，是「箕」的本字，可是到了小篆中，卻依其材料性質加了「竹」頭，變成「」（箕）字，而把原來的「其」字假借為虛詞。同樣的，「益」這個字，甲骨文作「」，金文作「」，

本來就是水溢出器皿之外的象形，是「溢」的本字，但到了小篆中，卻依其物體性質加了三點「水」旁，變成「溢」字，而把原來的「益」字引申為「增益」和「益加」的「益」了。這些都是字形的類化，也為後來漢字的建立部首奠定了基礎。

（四）字體趨於齊整，書體趨於勻稱。

甲骨文、金文以下的古文字，是從圖畫文字而來，隨著物體形狀的曲線畫成的，原來並沒有什麼規律。到了小篆，才確定了字體的線條化，使筆畫布局刻意的加長或引短，使之呈現圓轉勻稱的風格。上引《說文解字．敍》說李斯等人所作字書的小篆，「皆取史籀、大篆，或頗省改」，「省」應指把繁複重疊的筆畫去掉，例如「員」字籀文作「」，小篆改作「」，「車」字籀文作「」，小篆改作「」，「涉」字籀文作「」，小篆改作「」，省去右邊的水旁；「改」則應指把罕見難寫的形體改掉，例如「地」字籀文作「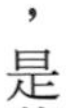」，小篆改作「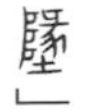」。省改的原因，是著眼於字體整個體系的完整，也便於書寫時的圓轉流暢。如果有形體過簡的，也會加以繁化。例如「雲」這個字，甲骨文作「」，金文作「」，古文作「」，形體過簡，因它寫「雨」有關，所以就加了「雨」旁，以求方正勻稱。

（五）利用形符和聲符的偏旁來改造新字，加強文字表音和表意的功能。

從甲骨文開始，漢字多藉象形以表意，但因文字有其限制，不足以盡記語言的繁複多變，加以古漢語多單音節，同音詞很多，為了辨別，不能不往加強表音和表意的方向發展。又為了便於辨認和書寫，所以不斷地利用形符和聲符的偏旁，來造新字。例如以「馬」為基本，所造的駕、馭、馳、驅和駒、駟、駗等字中的「馬」旁，有的是義符，有的是聲符。可以象形表意的字越來越少，代之而起的是不斷產生的新造的形聲字。這種情況到了春秋戰國時代，越來越明顯。上文說六國古文字中異體字和俗體字很多，或即與此有關。所謂「言語異聲，文字異形」，亦當與此有關。小篆「合以古、籀」的結果，以形聲造字的方式，勢必用得更多。甚至以前原非形聲字的字詞，也多改易為形聲字了。例如「盡」這個字，甲骨文作「」或「」，金文作「」，都象用手洗滌器皿之形，但小篆卻強調其「火」的部分，作「盡」，《說文解字》就解之為：「器中空也。从皿，㶳聲」，顯然由象形象意字變成了形聲字。因此漢字發展到秦篆時，形聲字的數量增加得特別快。有人做過統計，說在《說文解字》所收的九千三百多個小篆中，形聲字就佔了百分之八十以上。

關於小篆的其他問題，我們在以後談到許慎《說文解字》一書的內容時，還會有進一步的補充說明。

第二節　秦書八體餘論：篆隸之間

說明了大篆和小篆二體之後，現在再回來談秦書「八體」中的其他部分。

（一）

秦書八體中的第三至第七體，即刻符、蟲書、摹印、署書、殳書五類，核對上文談春秋戰國器物上的古文字部分，可以想見它們之間的關係。

刻符刻寫在金屬或竹簡上，用於軍事及商業往來，是符節信物上的文字；蟲書用於絲帛、璽印及兵器、樂器、飲器等等器物上，作裝飾之用，是一種將蟲形鳥形的圖紋和文字形體結合的藝術字，這在吳、越、楚、宋等地都曾風行過；摹印用於玉石陶瓦，經過規摹刻畫，應該也有其一定程度的藝術性，是刻石璽印上常見的一種瘦硬又力求變化的字體；署書用於簡牘、盟書、璽印等等，在封泥或信物上簽署以備檢核之用，也可如「物勒工名」一樣，只是表明身分或確定時間地點，是一種比較自由潦草的字體；殳書是一種刻在棍棒式兵器上的文字，它既然與刻符分立，筆畫書法應該也跟刻符一類有所不同。「殳」在古代不僅作兵器用，也可作度量權衡之用。殳之為器，長而細銳，所以刻在上面的文字，想必也是比較瘦硬或不工整的體勢。

同樣的文字，寫在不同的器物上，有不同的用途時，運筆的方式和書寫的姿態也常因之而

●玉印

西漢私印，有銅、銀鑿造者。此皆玉印。羅福頤《古璽印考略》云：「漢舊儀說，自秦以來，唯天子之印以玉，今證以實物，有不盡然。」

說姊

趙意

異鍚

朱廣

趙虞

脩君

異。所以這所謂「體」，指的應是書體，而非字體。

以上所說的這五類書體，介在篆書（大小篆）與隸書之間。篆書是秦朝官府所定的正體，隸書是一般吏民所使用的簡體，性質自有不同。前者宜求端方，筆畫固定；後者但求簡便，比較潦草。所以介在二者之間的這五類書體，自然其形體筆勢也會介乎篆體和隸體之間。我們看刻符、蟲書、摹印、署書、殳書這些銘文所使用的器具，多為官府公家所有，亦可推知這些文字的使用，也必以官家執行公事為主。由於社會經濟日趨發達，其中或有一些為民間所用，如符節可作商業用途，如印章可作私人用具，如隸書可為吏民之所共用，這都不足為奇，沒有什麼問題。所以《說文解字．敘》在敘述秦書八體之後，才會緊接著這樣說：

> 漢興，有草書。尉律：學僮十七以上始試，諷籀書九千字，乃得為吏；又以八體試之，郡移太史並課，最者以為尚書史。書或不正，輒舉劾之。

意思是說：秦朝統治天下不久就滅亡了，小篆的推行時間短，效果不彰，等到漢朝建立以後，又產生了一種「草書」。有人以為這裡的「草書」，只是指寫得潦草的隸書而已，與後來東漢所興起的草書不同。就因為如此，字體後來大家越寫越潦草，對小篆以前的文字，也多已茫然不解，這對於讀書識字的學子，和需要處理文書及參考文獻資料的官吏來說，是值得擔憂的事，所以執政者才規定十七歲以上的學生，必須參加考試，懂得諷誦籀文篆書九千字以上，才可以當官吏。另外還要通過考試書寫「八體」，才可以當官吏之長，最優秀的可以在宮中服務。如果書寫的字體不端正，就會被糾舉彈劾。

前面所謂「諷籒書九千字」，是要求能多讀古書，識古字，這種要求大概和後來許慎《說文解字》所收的字數相當，但李斯等人所作的「三倉」，總字數不過三千三百字，可見這裡所說的「九千字」，應當包含不同的字體在內；至於後面所謂「又以八體試之」，「書或不正，輒舉劾之」，是要求書寫時，字體要正確無誤。也因此，秦書八體基本上反映了秦始皇推行小篆以後，從官府公家到民間書寫篆體字時的實際情況。重點在運筆書寫方面。

同樣寫小篆，有人還保留以前大篆的模樣，有人寫得快速潦草一些，就成了隸書；有人刻寫在金石、璽印或陶瓦上，有人謄寫在竹簡、縑帛或旗幟上；篆書、隸書以外的各種書體，應該多用於各種不同的器物上。用於不同的器物時，應該會有不同的書寫技巧；寫在不同的器物上，也應該會有不同的形狀姿態。陳夢家《中國文字學》第六章「歷史上的字體」談到「八體」時，就說「八體」可以分為三類：甲類以時代先後分，包括大篆（古文奇字）、小篆（篆書）、隸書（佐書）；乙類指書寫於不同器物上的應用文字，包括刻符、署書、殳書、摹印（繆篆）；丙類蟲書（鳥蟲書），指特種器物上的特種字體。但它們都是當時官定的標準字體，則無疑問。秦朝到漢初，想當官吏的學子，不能不具備這些從大小篆到隸書認讀和書寫的能力。

〈二〉

從大小篆演化到隸書，其形體變化的過程，有人稱之為「隸定」或「隸變」。所謂「隸定」，語出西漢初年相傳是孔定國所撰的《尚書・序》。序中提到孔壁發現的古文典籍，當時已罕能辨識，只好根據伏生所傳《尚書》來考定新出簡冊，說是「定其可知者，為隸古定」，換句話說，是指用秦、漢之際流行的隸體和一些固定的橫直挑捺等等筆畫，來轉寫大小篆的過程，也就是用隸書照著篆書或古文、籀文原來的形體結構，來改寫成隸體。而所謂「隸變」，即指隸定過程中所發生的形體變化。

事實上，隸變始於戰國時代的中期。地處西周故土的秦國，起先繼承西周晚期文字系統，多趨保守。進入戰國以後，諸侯力政，不統於王，秦國內經商鞅變法，外向中原進攻，由於兼併戰爭和推行法令的需要，原先所用的大篆，因為形體結構過於繁複、筆順不合書寫習慣、鈎連回環太多，實在會影響書寫的速度，加上文字的書寫，隨著時代的進步，用筆墨總比用鑄刻容易而且靈活，所以在簡速率易的要求下，自然朝向隸書發展。

它的發展，通常在結構不變的原則之下，透過下列兩種形式來改變古文字的形狀。一是改變偏旁的形體，一是改變筆畫的曲直方圓。在改變偏旁方面，有的字省減了偏旁，例如：

靁→雷　靃→霍　→星　→集

有的簡化了偏旁，例如：

↓江　↓苦　↓握　↓進

↓狗　↓阿　↓邦　↓箕

在改變筆畫的曲直方圓方面，有的把圓轉綿長變為平直方折，把豎長形變為扁方形，例如：

↓人　↓女　↓永　↓木

↓白　↓方　↓宮　↓明

有的對筆畫形體同時進行省減或簡化，以期更便於書寫，例如：

↓者　↓羽　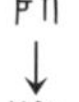↓降　↓貴

在這些改變的過程中，為了適應逐漸方塊化的書寫形式，象形文字隨體賦形的面貌消失了，象形表意的作用減低了，因而在寫偏旁或獨體字時，形體就變得不一樣了。例如「火」字經過隸變後，偏旁在上時就可以寫成「业」（光字的古文作「」），偏旁在下時就可以寫成「灬」

（例如「然」字下面的四點原是「火」）；「心」字經過隸變後，偏旁在左時就變成了「忄」或「忄」（如「情」字），偏旁在下時就變成了「⺗」（如「恭」字）。為了結構的平衡和筆畫的勻稱，有時也可以把做為偏旁的形體予以減省、混同或分化。例如：

（春）　（秦）　（奉）　（泰）　（奏）

這些字的偏旁原來各自不同，經過隸變後卻混同為同樣的偏旁「𡗗」了。同樣的情況，例如「恭」字本來作「」，从心，共聲；「昔」字本來作「」或「」，隸變後在上頭的偏旁都變成「龷」了。

相反的，例如原來都有偏旁「火」的一些字：

（光）　（灰）　（赤）　（然）　（尉）

同樣的「火」旁，卻分化為「⺌」、「火」、「⺗」、「灬」、「小」等等不同的形狀了。同樣的情況，「手」旁的「」，可以寫成「又」，也可以寫成「ナ」（如「」左字）、「寸」（如「」寸字）、「彐」（如「」秉字）、「」（如「」丑字）等等。

〈三〉

經過隸變後的漢字，雖然在形體結構方面，原則上仍然保留原字的輪廓或特徵，但力求簡化的結果，不但象形表意的作用受到影響，連數量居於漢字大宗的形聲字，也不得不紛紛「省形」或「省聲」，以為因應。形聲字減省形旁的叫「省形」，減省聲旁的叫「省聲」。例如「鹼」原从鹽省，僉聲，是省形字；「融」原从鬲，蟲省聲，是省聲字。同樣的道理，「薑」从艸、彊聲，可寫作「薑」，「栝」从木、否聲，可寫作「杯」。即使有時候調換聲符，也無損原意，例如「糧」可寫作「粮」，「量」聲換成「良」聲；如「脽」可寫作「臀」，「隼」聲換成「殿」聲。甚至原來是象形表意的形符，也可改作聲符用了。例如「羑」原是會意字，象手牽羊進獻之形，卻可寫成「羞」，把「又」改為「丑」，變成聲符；「恥」字原來从心、耳聲，是形聲字，卻因「心」、「止」形近，與「恥」字聲亦相近，於是就把「恥」也寫成「耻」了。

就因為這樣，隸書越變越易於書寫，寫得端正也好，寫得潦草也好，都比原來的大篆、小篆要方便得多。人趨其易，這種時代潮流是擋不住的。於是，漢字的演進起了大變革。漢字之分古今，也就是在這種情況下形成的。

據趙平安《隸變研究》的說法，隸變中的一個單字，它的演變都是逐漸進行、環環相扣，而且具有明顯的連續性和階段性，因此演進的過程，歷時頗長。開始於戰國時代中期的秦國，歷經秦始皇的倡行小篆而不衰，一直到東漢時草書、楷書、行書等等相繼而起，隸書一直在演進之中，也一直是秦末漢初以後最通行的字體。也因為它歷時不短，前後略有不同，所以有人把隸書分為古隸和今隸兩種。古隸的通行，和秦始皇有關；今隸的盛行，則與西漢的政令與學術有關。古隸和小篆同時並進，今隸則與草書、楷書、行書等等先後繼起。古隸、小篆以前的字體，我們稱之為「古文字」；今隸以後包括草書、楷書、行書的字體，我們稱之為「今文字」。「今」相對「古」而言，當然有「後」有「新」的意思。習慣讀寫今文字的人，因為漢字已起了大變革，很可能看不懂古文字，也寫不來了。

說到這裡，我們可以回頭再談所謂「秦書有八體」的最後一體，談談隸書及其相關的問題了。因為涉及的問題多，我們另立一章加以探究。

第七章　隸書和秦漢古今文字的遞變

第七章從秦、漢之間古今文字的遞變，談古隸漢隸的不同、字書詞典的編纂、字體書體的多樣，以及漢代經學的今古文之爭，最後交代許慎編撰《說文解字》的時代背景。第一節談秦、漢古今字體的遞嬗，第二節談秦、漢通行的字書詞典。

第一節　秦漢古今字體的遞嬗

〈一〉

在析論隸書之前，我覺得應該先了解秦、漢古今字體的遞變，這樣才能把道理說清楚。

上文說：「秦始皇初兼天下，丞相李斯乃奏同之，罷其不與秦文合者。」雖然要求定於一尊，可是秦始皇在推行小篆的同時，卻也推行了隸書。隸書有古隸和今隸兩種。古隸在戰國時代後期的秦國已具雛形，源自大篆的急就速簡的寫法，可以說是它們的俗體字。所以有人說：「隸書者，篆之捷也。」也有人以為它兼採了六國率易速簡的古文字。但古隸的廣為通行，卻在秦始皇統一天下之後。

根據《漢書・藝文志》和《說文解字・敍》的說法，那是因為秦法苛細，當時觸犯罪刑的人多，官獄事務繁忙，小篆下筆不得苟且，吏隸為了應急，於是產生了秦朝所通行的隸書。同時還流傳一種說法，說秦始皇時，有一位管理囚犯、擅長小篆的小吏，名叫程邈，因罪關在牢獄中，他曾省減篆字的複疊，據之草化簡化，觀者稱便。後來秦始皇知道了，便釋放了他，升他做御史來釐定新書體。因為程邈原是小吏，小吏即「隸」，所以稱為「隸書」。這種說法恐不足信，頂多可認定是程邈對由篆書逐漸草化簡化的隸書，曾經加以整理修訂而已，不可能由他一人所獨創。

這種新書體可以做為官定體小篆的輔佐之用，所以又稱為「左書」。左，古代通「佐」，就是輔佐的意思。大概以小篆寫正式公文，而佐以隸書，寫一般行政文書。它一直從秦代流行到漢代，等到東漢初年又興起另一種新體隸書後，才相對而分古今，稱秦隸為「古隸」，而稱漢隸為「今隸」。古隸包括秦始皇以前的隸書，今隸則是從古隸直接演變而來的，從東漢初年一直流行到晉初。

古隸與小篆的差別，在於小篆圓轉勻稱，形體較長，多用轉筆，而古隸則破圓為方，變曲為直，形體平直方折，不求均衡，多用折筆。二者不僅在筆勢上不同，有些字在結構上也有歧異。例如「戎」這個字，甲骨文作「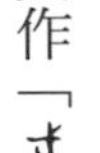」或「」，金文作「」，相傳是周宣王時記秦莊王功德的「秦不其簋」，也寫作「」，都是從「戈」從「十」。「十」象盔甲的「甲」。到了小篆，卻可能為了避免「十」的偏旁，與數目字的「十」或「七」（七的古字作「十」）相混，所以小篆改作「」。然而隸書卻又省改回作「」。又如「光」這個字，隸書作「」，不依小篆从「火」作「」，反而接近六國文字的「」字。

其他一些常用字的偏旁，也都依簡易的原則改變了形體。例如「首」旁由「」改為「首」，「辵」旁由「」改為「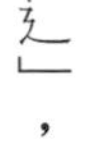」，「水」旁由「」改為「」，「阜」旁由「」改為「」等等。這些字把小篆的圓轉勻稱變成平直方折，可以說是把甲骨文、金文以來多多少少所具有的一些象形意味，幾乎都改革掉了，使漢字走向符號性質的方塊字。

古隸和小篆的這些差異，過去有人從秦國歷代遺留下來的兵器（如「大良造鞅戟」）、權量之器（如「廿六年秦始皇詔版」、「秦二世詔版」）等等器物上的銘文，以及早期出土的漢代木簡（如「（王莽）新始建國天鳳元年木簡」）、銅器（如「上林鼎」）、石刻（如「靈帝熹平石經」）等等，拿來和《說文解字》一書比較對照，認為古隸一直到了西漢中葉，字體筆畫才開始發生了變化。在此之前的隸書，都承秦隸之遺，還多少保留了一些草率的篆書風格，但此後則結構漸趨工整，而且在筆勢上也有了波磔的挑捺之法，就像波之起、石之磔一樣，字字都有波勢。易言之，在寫橫、撇、捺收筆時，都向上挑起。例如橫寫作「㇐」，撇寫作「丿」，捺寫作「㇏」，都像八字一樣左右分開的姿態，所以也叫「八分書」。這樣的趨勢和轉變是容易比較出來的，但為什麼會如此，則不得其詳。

〈二〉

近幾十年來，大約從上世紀七十年代開始，由於湖南長沙馬王堆、山東臨沂銀雀山、湖北雲夢睡虎地、湖北江陵鳳凰山等等的古墓中，陸續發現了大量的秦漢帛書和簡牘，西漢早期流傳的《倉頡篇》亦於一九七七年在安徽阜陽雙古堆漢墓中發現殘簡（見《文物》，一九八三年第二期《阜陽漢簡倉頡篇》）。其墓主據考證可能是第二代汝陰侯夏侯灶，卒於漢文帝十五年（公元前一六五）。出土殘簡一百二十餘枚，存五百四十多字。其中還保留有趙高《爰歷篇》首句：「爰歷次貤，繼續前圖」。似乎是秦之「三倉」，接近秦人原作，未經漢初刪訂的本子。從戰國末年到漢初的資料都有不少，使我們對這個問題找到了新答案。

我們可以推定：西漢還是沿用秦隸，只是其中篆體的成分有多寡之別而已。大致說來，西漢初期的隸書，篆多而隸少；西漢中葉以後的隸書，則篆少而隸多。像馬王堆出土的帛書《老子》，有甲乙本之分，據專家考證，甲本篆書成分多，隸書成分少，代表的應該是戰國至秦漢之際古隸的系統，而乙本篆書成分極少，代表的應是西漢初期的隸書系統。《老子》甲本的篆書成分多，應與「秦二世詔版」時代相近；《老子》乙本的隸書成分多，應與西漢的「上林鼎」銘文時代相近。

從秦末年到西漢末年王莽建立新朝的期間，最通行的漢字是隸書，是篆體草化、簡化的古隸，而不是小篆。據《漢書．藝文志》說，在西漢流行用以課試舉子的，有古文、奇字、篆書、隸書、繆篆、蟲書六體。可見漢朝在創立之初，尚沿舊制，仍以篆書、隸書為課試的基準。對照上文《說文解字．敍》所述，秦時的所謂八體：大篆、小篆、刻符、蟲書、摹印、署書、殳書、隸書，我們大概可以推知，這些書體前後的承應關係。例如繆篆應指用以摹刻印章的篆書，蟲書即鳥蟲書，它們都是經過藝術處理的篆書變體。名目儘管有所不同，但用來「通知古今文字」，用來應制、刻印、題署；一則用來解讀，一則用來書寫，其最終的實用目的應該是一致的。

不過，《漢志》所謂「六體」中的「古文」「奇字」二項，究竟涵義為何，歷來卻有不同的解讀。本來說二者泛指秦、漢以前一切古老的奇異的文字，也就可以了，但細究起來，卻易生爭議。更何況《漢書．藝文志》和《說文解字》的記載本來就有些出入。

●繆篆私印

羅福頤《古璽印考略》：「傳世漢印，文字多平方正直，與漢銅器上銘文相像。有少數私印上，有一種故作屈曲回繞，書體與傳世「永受嘉福」瓦當文同，此當即許氏所謂繆篆矣。過去有人稱漢魏印上字為繆篆，斯誤矣。此類繆篆，漢魏官印上向例是不用。」

祭睢

杜印子沙

吳永私印

楊循私印

卞為私印

謝相私印

●鳥篆文印

羅福頤《古璽印考略》：「傳世漢玉印中，如『緹仔妾娋』及『夷吾』、『新成甲』等印，書體屈曲，筆畫中有鳥頭及蟲魚狀，此殆即所謂鳥篆。……」「又《說文解字．敍》稱，秦書八體，四曰鳥蟲書，所以書幡信也。然則鳥篆又名鳥蟲書。今據傳世春秋戰國青銅器銘文中，如王子匜（故宮博物院藏）及楚王酓骨盤（安徽出土）以及兵器中越王勾踐劍、越王州勾劍、越王矛等，書體筆畫皆作鳥蟲形，當是鳥書之始祖。」

緹仔妾娋

薄戎奴

蘇意

夷吾

新成甲

有人說此「古文」是指漢景帝、武帝之際，魯恭王在孔子舊宅所發現的「壁中書」，並引班固《漢書．藝文志》為證。但也有人指出來：班固《漢書．藝文志》所說的有關漢初蕭何草律著法，以此「六體」來測試學童的記載，不足以採信。因為蕭何與漢高祖劉邦同時，而魯恭王在孔子舊宅改建宮室，是在景年末、武帝初，前後相去五十餘年，蕭何如何可能以後來出土的「古文」「奇字」來測試學子？但問題是：此「古文」未必就是指彼「古文」，六體中的「古文」，未必就是指魯恭王所發現的「壁中書」。

又有人說此六體之「奇字」，應指戰國時代通行的俗體字，與「古文而異」，故稱「奇字」。並舉《說文解字》書中所引的「奇字」作證。例如說「倉」的「奇字」作「仺」，「涿」的「奇字」作「㫚」，可見它們都是訛變之後的俗體字。但也有人以為這只是臆測，還有待更充實的論證。

〈三〉

這些推測和駁議，其實都有參考的價值。但我仍然以為要討論這些問題，不能忽略下列與漢朝政治學術有關的一些史實和文獻資料。

首先，談漢代出土的先秦古器物上的文字資料。

例如上文提到的漢武帝時在山西汾水之上發現的寶鼎，等等，這裡還可作進一步的補充說明。

據《漢書·郊祀志》的記載，同樣在漢武帝時，曾經發現另一件銅器，當時大家都看不懂銘刻其上的銘文，也不知道是何時何人所作，只有李少君一人能夠辨認出這是「齊桓公十年陳於柏寢」的器物。又，漢宣帝時在美陽（今陝西武功縣）所發現的寶鼎，一般人也都不能辨識其上的銘文，只有熟悉「古文」的張敞可以解讀出來，說銘刻其上的古文字，譯成當時通行的隸書，是：「王命尸臣：官此栒邑，賜爾旂鸞、黼黻、琱戈。尸臣拜手稽首曰：敢對揚天子不顯休命。」並據此推斷：「此鼎殆周之所以褒大臣，大臣子孫刻銘其先功，藏之於宗廟也。」「尸」字通「夷」，「不」字同「丕」。今天看來，張敞的譯解，基本上是正確的。這應是西周晚期的銅器銘文。漢代所說的「古文」「奇字」，理應包括這一系列的文字。可惜相關資料不多。

由此可見，殷周金文到了漢初，一般人都已不能識讀了。

其次談先秦經典文獻上的文字資料。

秦始皇自稱帝天下到秦之覆亡，不過十餘年，李斯等人所作的「三倉」字書及所推行的小篆，歷時未久，施行未廣，加以吏民多習隸書，以為篆體複疊難寫，所以包括小篆之前的籀文、大篆以及六國「古文」，入漢以後，一般人多未曾見，或者見者多敬而遠之。這從《史籀篇》

十五篇傳到東漢光武帝建武年間已亡佚六篇，可以覘其一二。特別是秦始皇的焚書坑儒，對先秦古籍的摧殘，更為慘烈，除了少數博士職官所藏及一些卜筮、字書之外，幾乎付之一炬，所以西漢時一般人「以吏為師」，能看到的古籍，真的寥寥可數，而且字句常有歧異。以孔子所傳授的儒家經典而論，例如《詩經》雖易於背誦，禁而不絕，但到漢初用隸書繕錄時，已有魯、齊、韓三家的差異；《尚書》起先失傳，想要學習，還必須遠道去請濟南的秦老博士伏勝口授，再由鼂錯用隸書記錄下來。因此漢景帝、武帝之際，魯恭王在孔子舊宅改建宮室時，在夾壁間所發現的「壁中書」，以及由此而引起的今古文學派之爭，就不能等閒視之了。

許慎《說文解字・敍》是這樣說的：

壁中書者，魯恭王壞孔子宅，而得《禮》、《記》、《尚書》、《春秋》、《論語》、《孝經》。又北平侯張蒼獻《春秋左氏傳》。

這些藏在孔子舊宅壁中的儒家古籍簡冊，都是用不同於當時隸書的古文字書寫而成的。它們裡頭有很多「古文」「奇字」，不但與當時通行的隸書不同，也與秦朝所傳的篆書、籀文異體。我們現在知道它們原來是周、秦間流行於六國的古文字，但漢初的人對它們可真陌生，只覺得高深莫測。當時就有人以其頭粗尾細，形似科斗，稱之為科斗文。我們知道，秦朝的挾書之律，到了漢惠帝四年（公元前一九一）才廢除，文帝、景帝之世，才漸開獻書之路。因此這些「壁中」古籍，一般人就稱為「古文經」，像《漢書．景十三王傳》就稱之為「古文經傳」。因為它們是用大家罕見的「古文」寫成的，與當時用「今文」隸書寫成的儒家經傳有所不同。又因為用隸書寫成的儒家經傳早已通行，已被朝廷認可，武帝罷黜百家，獨尊儒術，「建藏書之策，置寫書之官」，立五經博士，所採用的經籍，多用隸書寫成，所以這些「壁中」古文經籍，起先只能在民間流傳，後來才由孔子後代孔安國獻上朝廷，卻又不幸遇上漢武帝時的巫蠱之獄，因此未得立於學官，只能藏諸中秘，即宮中典藏文物圖書之所。

一直到了漢成帝河平年間（公元前二十八～公元前二十五），命陳農求遺書於天下，又詔劉向、劉歆父子領校宮中秘書，才注意到這批用「古文」「奇字」寫成的文獻資料。劉氏父子認為這是非常重要的儒家經典，也是非常重要的歷史文獻。尤其是劉歆，在他父親劉向死後，歷經哀帝、平帝以至王莽攝政期間，不僅繼承他父親遺志，校正今古文經典籍，編集六藝群書為《七略》一書，而且還曾提議將《左氏春秋》、《毛詩》、《逸禮》、《古文尚書》等「古文經」，列於學官。此事雖遭太常博士反對，引起了今古文學派的鬥爭，但終於在尊崇「古文」的王莽當權執政之時，借勢使這些古文經得以立於學官，成為學子必讀的經典。也因為這樣，隸書以前的古文字才隨之受到士人的重視。

東漢以後，這種重視古文經學的風氣，又經杜林、賈徽、賈逵、鄭興、鄭眾、班固、馬融、許慎、鄭玄等人先後的推轂提倡，於是古文經學派大盛，不但可與今文經學派爭衡抗勝，分庭抗禮，甚至後來凌駕其上。

鄭興和賈徽都是劉歆的弟子，皆善《左氏春秋》等經傳，也都有子傳其衣鉢。鄭興子鄭眾是《周禮》專家。賈徽子賈逵，博學通經，也就是對許慎啟廸良多的前輩學者。古文學派的昌盛，可以說是劉歆倡導而成的。所以劉歆在東漢經學和小學史上有其舉足輕重的地位。

劉歆校書時，據古文經來校正今文經典籍，特別重視文字訓詁、名物考證。他以為六經皆史，因此對《左氏春秋》的傳授，著力頗多，對《周禮》（即《逸禮》）一書，更認為它是古文經的根本，卻久逸而不為人知，因此特別重視。後來杜子春即承其《周禮》之學，賈逵又承杜子春之學。劉歆在傳授《周禮》時，對「六書」的解釋，影響後世極大。鄭眾、班固、許慎等人之解說「六書」，無不受其影響。推衍其說。

班固的《漢書．藝文志》，也是摘錄劉歆的《七略》而成的。其中有一段文字談到「秦書體」在西漢初年推行的情況。為了討論方便，再引述如下：

漢興，蕭何草律，亦著其法曰：太史試學童，能諷書九千字以上，乃得為吏。又以六體試之。課最者，以為尚書、御史史書令史。吏民上書，字或不正，輒舉劾。六體者，古文、奇字、篆書、隸書、繆篆、蟲書，皆所以通知古今文字、摹印章、書幡信也。

這和上引《說文解字·敍》所說的內容要點大致相同，但有兩點比較特別：一是班固強調漢初蕭何起草的法令，「亦著其法」。「亦」是說「仍然」沿襲秦朝的舊規，所以下面的「太史試學童，能諷書九千字以上……」一段文字，可以視為秦朝文字政策的翻版。然而《說文解字·敍》所說的「秦書八體」，這裡說的卻是「六體」。二是「六體」的名目，有「古文」「奇字」而無大篆、刻符等等，顯然與「秦書八體」有別。

為什麼有「八體」、「六體」之別呢？有人推測「六」字為「八」之誤。漢初仍因秦舊，照樣推行「秦書八體」，但「六體」的名目俱在，顯然這種推測不能成立。那麼，另外的理由，可能就是：蕭何沿用舊規時，已開始將秦的「八體」縮改為「六體」了。當然另外還有一種可能，是後來王莽當政時，唯古是尚，為了強調「古文」「奇字」，所以改變了八體的名目。何者為是呢？

〈四〉

談到這裡，我們應該對《漢書・藝文志》「小學家」所列的《八體六技》一書，也順便在此略作說明。

班固著錄該書，沒有卷數，亦無著作人名，但列之於《史籀篇》之下，《倉頡篇》之上。《倉頡篇》指的是秦朝的原本或漢代經過改編的本字，無從確定，但據韋昭注云：「八體，一曰大篆，二曰小篆，三曰刻符，四曰蟲書，五曰摹印，六曰署書，七曰殳書，八曰隸書」，可見與《說文解字・敘》所說的「秦書八體」完全相合，皆當為「漢興，尉律以之試學童者」。然而，「六技」究竟內容指的是什麼？歷來則更多歧說而無定論。

清代謝啟昆《小學考》曾經根據《說文解字・敘》所說的：「亡新居攝，使大司空甄豐等校文書之部，自以為應制作，頗改定古文，時有六書」等文字，以為「六書」即《漢書・藝文志》所述王莽時的古文、奇字、篆書、左書、繆篆、鳥蟲書，因而斷定此書「當是漢興所試之八體，合以亡新改定之六書。技字似誤。」這似乎也意味著：到了西漢末年王莽居攝的時期，秦、漢之際通行的「秦書八體」，已經有人縮改為六體，並稱之為「六書」。

「六書」和「六體」的名稱和意義，是容易相混用的。也因此《漢書・藝文志》的敍論中，才會說：「蕭何草律，亦著其法。……又以六體試之。」謝啟昆以為「六體」即王莽新朝所改定的「六書」，甚至以為《漢書．藝文志》所著錄的《八體六技》一書，「技」字似為「書」字之誤。這是他對此一問題的解讀，可供參考。但問題仍然存在。「書」可以指書體，也可以指書法。「技」應該指運筆的方式和書寫的姿態。這樣說來，《八體六技》應該是西漢中期前後出現的，為學子應試而編的參考書。

可惜《八體六技》一書已佚，我們已無從論斷是非，但古今學者將書體和字體混為一談的，大有人在；將書法和技法混為一談的人，也必然所在多有。因此，我們可以推測西漢初年以後，必有一段時間，對於秦朝的文化遺產不予重視，尉律不課，小學不修，閭里書師甚至對李斯等人的《倉頡篇》等「三倉」之書，都不能通其讀，所以當時才有人為此替學童編了《八體六技》一書，要他們能讀能寫正確的漢字。

現今又有學者提出另一種說法，認為「秦書八體」的八體，並非指八種書體，而且批評其分類的概念不合理。主要的理由是：篆體（含大篆、小篆）、隸體是風格不同的實用書體，蟲書是花體藝術字，刻符、摹印、署書、殳書是言其所施用的對象，差異僅在於筆道上的風格變化，有整飭與草率的區別，因而它們皆非指字體而言。他們的結論是：「秦書八體」實際上是在不同概念下湊合而成的。

這種說法，值得商榷。先從正面說，我們知道即使是同一個字，結構即使完全相同，在書寫的方式上，由不同的人或在不同的時空背景下寫出來，都可能有不同的筆勢；用不同的工具把它書寫在不同的器物上，它也會自然呈現出不同的風格。因此，字體和書體不應混為一談，但也不可忽略在先秦的古文字中，它們之間原有密不可分的關係。大篆、小篆從其形體結構看，可以稱之為篆體，但從書寫時的筆勢看，卻可稱之為篆書。隸書據篆體字簡化草化而來，就書寫方式說，固然稱為隸書，但就其字體結構言，仍然要稱它是隸體或隸體字。其他的刻符、蟲書等六類也一樣，它們都各具字體和書體兩種成分。《說文解字‧敍》在這裡所要強調的，是其書體，所以多以「書」稱各體，如「隸書」、「蟲書」、「署書」、「殳書」等等。這是顯而易見的。再從反面說，如果說刻符、摹印、署書、殳書，是言其所施用的對象，那麼請問大篆、小篆、蟲書、隸書等等，又何嘗不是言其所施用的對象？

受到出土文物的限制，有些研究者對於古文字的解釋，很容易趨於極端，或忽發奇想，或拘泥文字。例如看到傳世青銅器中有簋、簠等等，就以為這些器具必非銅器不可。其實它們也可以是用竹器編成，或用木器瓦器製造，只是現在它們已經毀壞了，看不到而已。同樣的，篆體字可以書寫在竹簡絲帛上，也可以書寫在玉石等等不同的器物上。使用不同的器具，作不同的用途時，它們也就可能出現不同的書體。因此，認為「秦書八體」非指八種書體的說法，還大有商榷餘地。

至於「六體」之中增加「古文」「奇字」的名目，而刪去大篆、刻符等類的問題，應該也與上述周、秦文物以及「壁中書」的出土有關。大篆限於秦國所有，不足以包括殷周及六國古文字，所以用「古文」「奇字」來概括它們。等到後來許慎的《說文解字》一書問世，「古文」「奇字」的意義當然就更為清楚了。刻符、署書、殳書，與繆篆以及蟲書等等，多用於「摹印章」、「書幡信」，大多是在篆書的基礎上加上不同的藝術處理和變化應用，其實只是歸類名目不同而已。

第二節　秦漢通行的字書詞典

〈一〉

最後，談秦、漢通行的字書詞典資料。

秦以前，自《史籀篇》之後，不知有沒有字書傳世，但涉及「字說」的則可偶見之。例如《左傳．宣公十二年》記載楚莊王之言「夫文止戈為武」、宣公十五年記載晉大夫伯宗之言「故文反正為乏」、昭公元年記載秦醫和之言「於文皿蟲為蠱」，以及《韓非子．五蠹篇》的「倉頡之作書也，自環者謂之私，背私謂之公。」等等，都是著名的例子。到了秦朝統一天下之後，秦始皇雖然焚書坑儒，但醫藥、卜筮、種樹之書，並不在禁毀之列，對《史籀篇》之類的字書亦似未禁止；事實上也禁止不了，因為醫卜種樹之書，仍然需要用文字來記載。也因此才會產生李斯等人所作的「三倉」。李斯的《倉頡篇》七章，趙高的《爰歷篇》六章，胡毋敬的《博學篇》七章，所用的字體當然是「皆取史籀、大篆、或頗省改」的小篆。可是這種字體到了漢代初年已不流行，一般吏民所用的已多為隸書，明確地說，是篆體簡化、草化的古隸。因此李斯等人的《倉頡篇》等「三倉」字書，到了漢初，曾被民間書師合而為一，書名則仍題為《倉頡篇》，凡五十五章，每章六十字，共三千三百字。新編本化繁為簡，趨於簡易，以便學子肄習。余嘉錫《古書通例》嘗云：古書多經後人整理、附益、增飾，而具有叢編性質，於此可為一證。

後來在漢武帝時，司馬相如編有《凡將篇》；元帝時，史游編有《急就篇》；成帝時，李長編有《元尚篇》；哀帝時，揚雄編有《訓纂篇》；到了東漢和帝時，賈魴又編有《滂喜篇》，這些都成書於許慎《說文解字》之前，也都是仿秦「三倉」之作。東漢時，還有人把李斯等人的「三倉」做為上卷，又將揚雄的《訓纂篇》和賈魴的《滂喜篇》做為中、下卷，合為一書，仍然合稱「三倉」。此即所謂「漢三倉」。事實上，它們都是採用《倉頡篇》沿襲《史籀篇》的模式，多以四、七字為句，句必叶韻，以便誦讀，做為童蒙識字的教本。這些都可說是漢代在《說文解字》以前通行的字書。由此可見漢代學者文人提倡漢字基礎教育的一斑。

大概到了和帝永元年間（公元八九～一〇四），賈魴《滂喜篇》編成時，漢字所收的「古」「今」新舊字體，包括篆書和隸書，據學者估計，已達七千字以上。不但隸書已有秦隸、漢隸之分，而且漢隸之中，也已有端正或率易的差異。傳世的字書之中，像司馬相如、揚雄是漢賦名家，他們本來就識廣見多，善於「鋪采摛文，體物寫志」，他們所編的字書，為世所稱，固不足為奇，連史游的《急就篇》，因為「羅列諸物名姓字，分別部居不雜厠」，把古今人名、藥名、器物、動物、植物等等，分門別類，將偏旁相同的字，據形繫聯起來，雖原是教童蒙之用，卻仍編入一些比較罕見的古字，如「雜」作「襍」、「妙」作「眇」、「霍」作「靃」、「奩」作「籢」之類，因而被視為最通俗實用的啟蒙教材，流行甚廣。從西漢元帝一直流行到梁武帝時周興嗣編纂的《千字文》問世為止。這些字書教人認識古今漢字的形體結構以及書寫時的筆畫姿態，它們的盛行，說明了當時一般人不知古學、不知古字的事實，也說明了有心之士在這方面亟思有以矯正的努力。

不過，篆體衰而隸書興的風氣，畢竟是潮流之所趨，因此早在漢宣帝時，《倉頡篇》小篆已被認為是艱深難懂的「古字」，連一般教導童蒙的書師也不能辨讀了，因此漢宣帝才召集齊國能通讀該書的學者來教導後學，並命一些臣子同時受教研習。像張敞就是當時尚能辨讀「古文」的學者之一。張敞後來傳授外孫之子杜林，著有《倉頡訓纂》、《倉頡故》等書。其他識得「倉頡」古字的，還有哀帝時的杜業、平帝時的爰禮，以及王莽時的秦近等人，真可謂寥寥無幾。

物以稀為貴。可能就是因為漢代以後，一般人只認得隸書，對於小篆以前的古文字茫昧不知，不能辨認讀寫，所以一方面隸書越變越易於書寫，也越來越流行，寫得端正也好，寫得潦草也好，都比過去要便利得多。另一方面，卻也有些昌復古學的名儒大師，在提倡古文經學之餘，也重視人才的培養和基礎的教育。他們對古文字的提倡，一樣不遺餘力。因而互相摩盪，激出火花。加以東漢以後，書寫工具的進步，包括紙的發明和筆的改良等等，使學問知識更易於傳播，同時也使漢字在書寫體勢上，更趨於多樣化。所以到了王莽執政前後不久，有關字體、書體的各種革新變化，就陸續出籠了。隸書，改名為「佐書」。佐或即書佐，亦吏職之稱。隸書至此而更趨便利，蓋可想見。草書、楷書、行書等等的產生，也都是在隸書轉型此一基礎上，逐漸形成的。

〈二〉

底下先敍述草書、楷書、行書的興起。

一、草書，原指為簡便快捷而產生的一種字體。本來它並非專稱，籀文、古文、篆書、隸書等等，只要寫得潦草率易，都可以叫「草書」。等到漢代的隸書在由古轉今的隸變過程中，才逐漸發展演進而成為一種具有藝術價值的字體，它雖然也叫草書，但此「草」非同彼「草」。

歷代草書可以分為三種，依序是章草、今草、狂草。章草是直接由漢隸草化逐漸演進而成的，一字自為起訖，具波磔氣勢，接近漢隸。前人以為它起於漢元帝時史游作《急就章》所用的書法。但後來頗有些人以為《急就章》的「急就」，並不是指草率速寫的字體，而是「易於成就」的意思，所以多不贊同此說。一般的說法，以為章草是從西漢中晚期逐漸發展起來的，通常用於章奏，合乎章程，到了東漢章帝時，因君臣都愛好此體，因而得名。從馬王堆帛書《老子》乙本到居延漢簡、尹灣漢簡，可以看到它的發展過程。它的特點是：筆畫雖有草意，卻多連筆，還保留了漢隸挑捺波磔的筆勢，字字獨立，不相連接。

今草大概萌芽於西漢末年，而漸起於東漢中晚期。它的特點是：以一行或一節為起訖，連綿盤繞，上下字之間的筆勢往往相連，一筆揮就，即使偶有不連，卻仍然血脈不斷。它真正興盛的時期，已在晉代，王羲之就是箇中能手。

至於狂草，更是在今草的基礎上才發展起來的，它的特點是：筆畫可以任意增減，連寫可以毫無拘束。興起的時代是在唐朝。此皆後話，不在本書討論之內，所以也就從略。

二、楷書，也是直接從隸書演變過來的，又叫「真書」或「正書」。所以稱之為楷正，也正表示它規矩整齊，可以做為模範、法式的意思。它和草書雖然同樣是從隸書形體的進一步簡

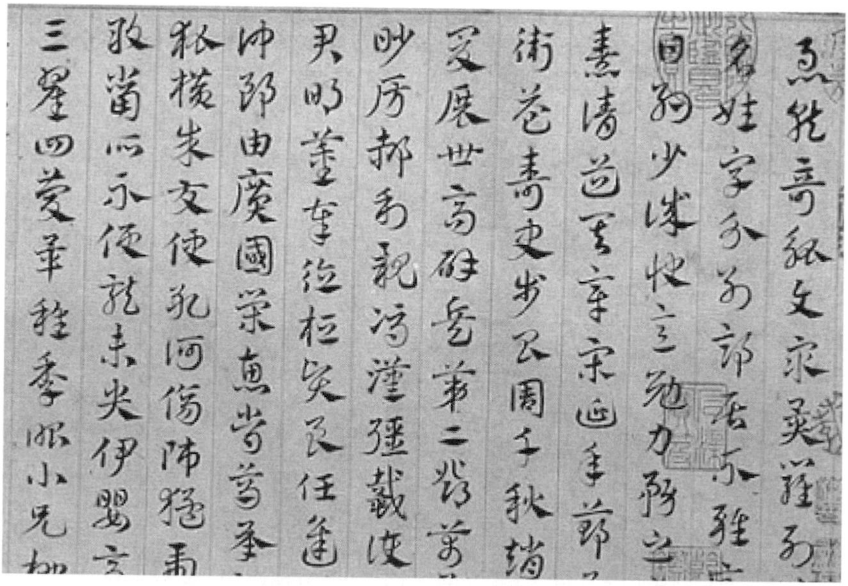

●章草：鄧文原《臨急就章全卷》，北京故宮博物院藏

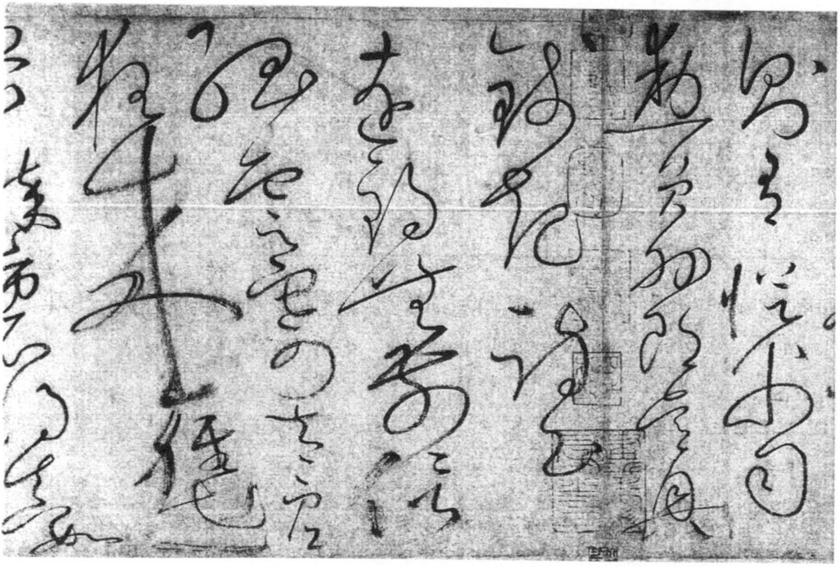

●狂草：懷素《自敘帖》，台北國立故宮博物院藏

●今草：王羲之《十七帖》，台北國立故宮博物院藏

化而來，但草書偏於速簡，楷書則偏於端整，因此也比較難寫。它近於漢隸新體的「八分書」，故有所謂「八分楷法」之說，又受了一些章草的影響，所以又有所謂「以隸草作楷法」之說。

楷書也始於西漢中晚期而成熟於東漢末年，到魏晉以後開始盛行，一直到清末民初，皆被奉為圭臬，認為是書家的正規典範，初學者必須從此入手，才是正途。它的特點是：把漢隸形體的扁平改為方正，把漢隸筆畫的波磔改為平直。和它以前所有的各種字體比較起來，它更容

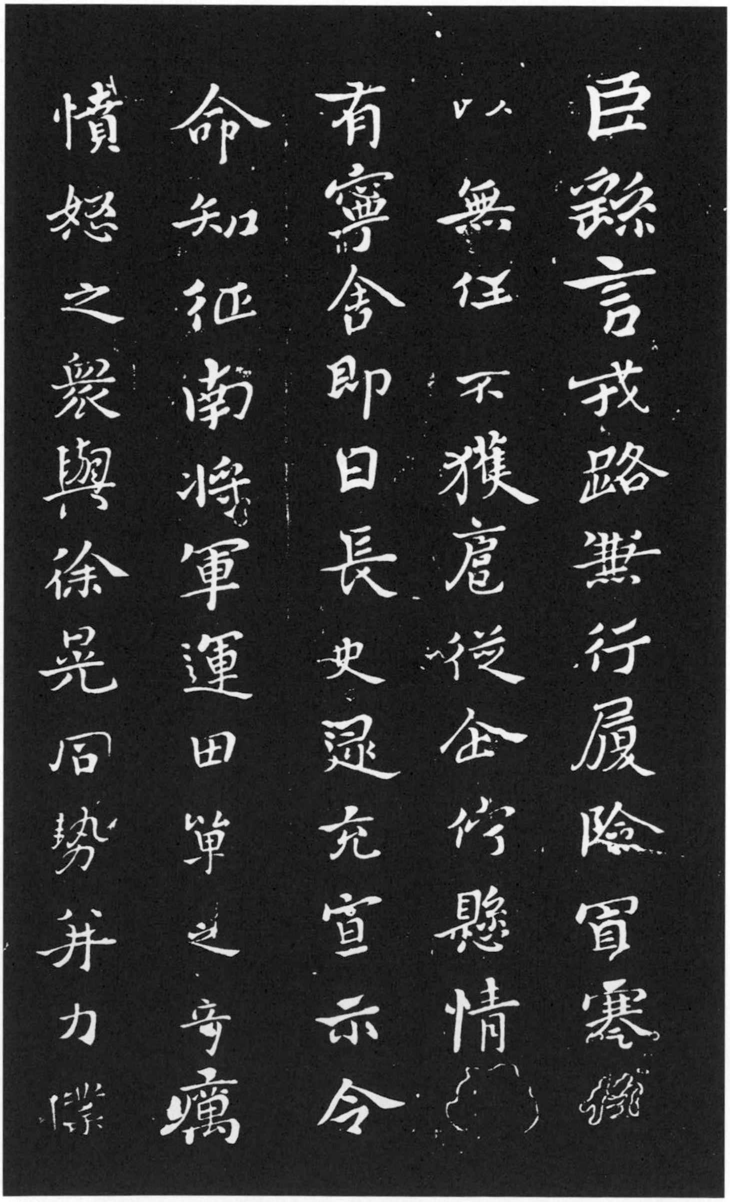
臣繇言戎路兼行履險冒寒
以無任不獲扈從企佇懸情
有寧舍即日長史逯充宣示令
命知征南將軍運田單之奇厲
憤怒之衆與徐晃同勢并力

●鍾繇《賀捷表 鬱岡齋帖》，東京書道博物館藏

易辨識，更容易閱讀和書寫，所以才能風行至今。

三、行書，是在楷書和今草興起的時代，大概也是東漢末年，為了補救楷書的書寫不便和今草的難以辨認，才應運而生的。因此它是介在楷書和今草之間的一種字體。所以古人稱之為「正書之小譌」。《隋書．經籍志》有云：「自倉頡訖漢初，書經五變，曰古文、大篆、小篆、隸書、草書。大抵書之變，至草而極，極則必反，反而之於隸，又不可能。真書者，隸之流也。於是消息乎真草之間而行書出焉。」其言甚是。

行書，大概與楷書同時並行，同樣起於東漢末年而興自魏晉以後。它的特點是：雖然近於楷書，卻不過於拘謹；雖然近於今草，卻不過於放縱。辨認讀寫都不困難。而且書寫時，寫得規矩些，它就變成所謂「行楷」；寫得潦草些，它就變成所謂「行草」。左右逢源，因此實用價值很大。也因此，一直到今天，它還是大家手寫漢字時最常用的一種字體。

以上所說的這些字體，可以說都是在王莽執政、稱帝前後才逐漸興起的，早則西漢中葉以後，晚則已屆東漢末年。它們的形成當非一朝一夕，亦非一人之力所能獨創。可是到了東漢後期，卻紛紛興起，與漸受重視的古學同時並開爭茂。二者看似矛盾，似無關係，但其相磨相生，卻是事實。尋索其時代背景，應與當時經學思想的發展互相因緣。因為漢代經學上的今古文學

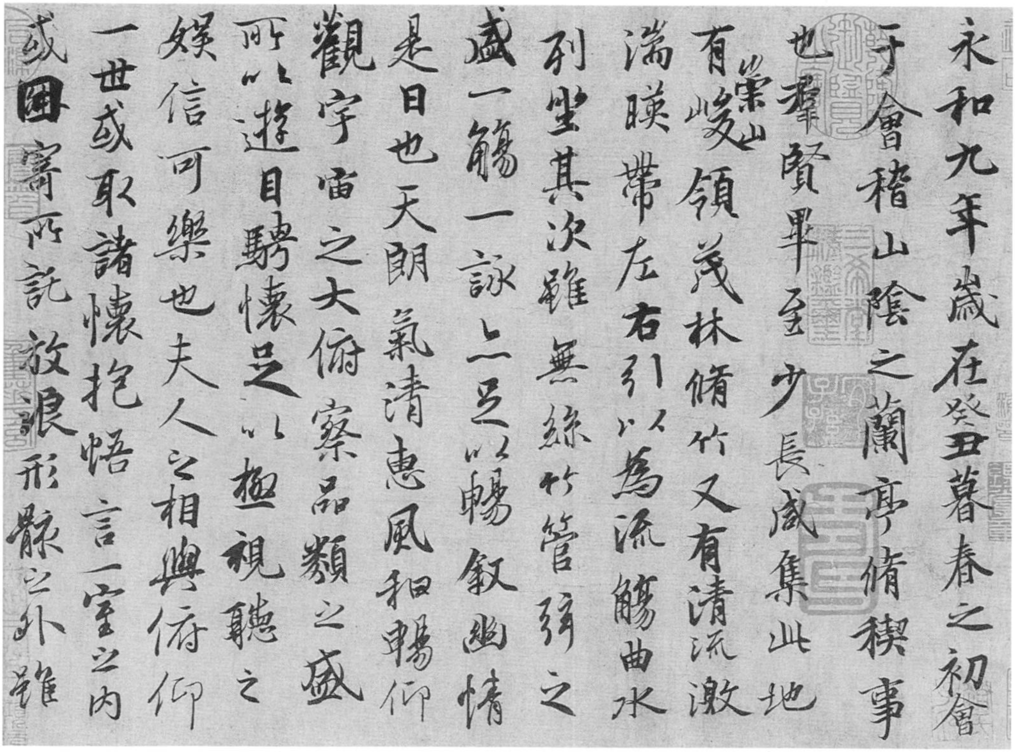
永和九年歲在癸丑暮春之初會
于會稽山陰之蘭亭脩稧事
也羣賢畢至少長咸集此地
有崇山峻領茂林脩竹又有清流激
湍暎帶左右引以為流觴曲水
列坐其次雖無絲竹管弦之
盛一觴一詠亦足以暢敘幽情
是日也天朗氣清惠風和暢仰
觀宇宙之大俯察品類之盛
所以遊目騁懷足以極視聽之
娛信可樂也夫人之相與俯仰
一世或取諸懷抱悟言一室之內
或因寄所託放浪形骸之外雖

●王羲之《蘭亭集序》，北京故宮博物院藏

派，到這時候，已由各守師法家法而進入了兼採並容的融合階段。西漢中期以後所引起的今古文學派之爭，不僅是學術思想的流派之爭，同時也是經學文獻用今古不同文字記載所引起的流派之爭，更是文字學上古隸今隸區隔的開始。有人以為：因「壁中書」的出現，才促使西漢通行的古隸，更趨向美化藝術化，才脫離小篆的圓轉，更求方整挑捺，而成為「八分書」。到了東漢，這種隸書新體也才廣為流傳，成為漢代隸書的主流，被稱為「漢隸」或「今隸」，以示與「秦隸」、「古隸」有別。

〈三〉

底下再說明今古文學派論爭中，古學逐漸昌復的情形。

上文說過，漢武帝、漢宣帝都是重視經學的君王，西漢晚期的漢平帝也一樣。據《漢書・平帝紀》說，他在元始五年（公元五年），曾經「徵天下通知逸經、古記、天文、曆算、鐘律、小學、史篇、方術、本草以及五經《論語》、《孝經》、《爾雅》教授者，……遣詣京師。至者數千人。」在這些昌復古學的項目之中，「小學」、《爾雅》等是與字書直接有關的，其他與未毀於秦火的古文字應亦多少相關。所以班固《漢書・藝文志》承劉歆《七略・六藝略》之餘緒，特別把「小學」標舉出來，說：「至元始中，徵天下通小學者以百數。」許慎的《說文解字・敍》說得更清楚，說平帝曾徵通小學的爰禮等百餘人，「令說文字未央廷中」，讓爰禮等人在未央宮廷中公開討論，並且以爰禮為「小學元士」。揚雄的《訓纂篇》，據說就是當時摘取其中有用的資料編纂而成的。可見這時候的所謂「小學」，已非僅僅學童識字之書。

所謂「上有好者，下必甚焉」，由於帝王的提倡，名儒的推轂，古文經學逐漸受到重視，連帶而來的是先秦的古文字也越來越受到學者的重視。因為當時學者傳授古代經書，首重傳寫，或傳抄，或謄寫，其次才是整理和詮釋。傳寫，不能不注意文字的形體，以免抄寫錯誤，而整理和詮釋，也不能不通解文字的音讀和意義。因此，經學昌盛之後，文字的形音義，必然受到學者注意。

東漢以後，今古文學派之爭，由分立而漸趨於融合，五經六藝有用隸書今文字寫的，也有用篆書以前的古文字寫的，學者為了通讀經籍，不但要懂隸書，更要懂篆書以前的古文字；不但要看得懂字體，也要看得懂書體。能夠「說」文「解」字，形音義兼顧，才可能進一步了解經書文字背後的微言大義。《後漢書．盧植傳》就說盧植上疏建議皇帝要同時並重今古文字，不應該把古文經書只視為供童蒙識字的小學問而已，並且強調「中興以來，通儒達士班固、賈逵、鄭興父子，並敦悅之。」可見當時學術風氣的一斑，亦從而可見到了這時候，漢代的字書在學人心目中，已由學童識字的通用常識，進而成為士人通讀古文經典的入門學問了。

西漢經學家解說經書，重在闡揚大義，東漢則承劉歆之風，特別重視名物訓詁。由於時代環境如此，所以到了東漢以後，有關文字形、音、義的著作，便紛紛出現。

《爾雅》是專講字義詞義的古書。據上文《漢書．平帝紀》所引，可知在漢平帝以前，此書早已出現。又據三國魏朝張揖的〈上廣雅表〉說，此書原為周公所作，孔子所增，子夏所益，叔孫通所補，沛郡梁文所考，理所當然，可以想見此書到東漢時，還一直流傳，並且可能有人增益。可是據宋代歐陽修《詩本義》說：「考其文理，乃是秦、漢之間，學《詩》者纂集說《詩》博士解詁。」漢代經學家解說《詩經》的風氣很盛，而且《爾雅》書中的解釋字詞，也果然與古文經《毛詩》及《周禮》多所契合，因此歐陽修的說法，應該比較可以採信。張揖之說，恐怕只是託古自高之辭。

《爾雅》共分三卷十九篇，依序彙釋詁、言、訓、親、宮、器、樂、天、地、丘、山、水、草、木、蟲、魚、鳥、獸、畜等十九種相關事物的名義。解釋字義詞義的方法，是把若干意義相同的古語或方言，放在一起，然後用一個當時通用的詞語來解釋它們，例如〈釋詁〉說的：「如、適、之、嫁、徂、逝，往也。」有的則分別解釋，例如〈釋親〉說的：「父為考，母為妣。」〈釋器〉說的：「木豆謂之豆，竹豆謂之籩，瓦豆謂之登。」這對後來許慎《說文解字》的分列部首應有影響，對後世訓詁學的發展，當然影響更大。

揚雄的《方言》，全名《輶軒使者絕代語釋別國方言》，是有關文字音義的名著。它訓釋各地方言，分別異同，綜合比較，是研究漢代以前文字訓詁的重要資料。

劉熙的《釋名》，辨析名物典制，就字音以論字義，以音訓的方式來推求字義的來源。雖然聲訓有語源上和音根字的限制，容易流於穿鑿附會，但此書對於治語言文字者，仍然有其不可抹殺的參考價值。幸而隨著佛經的東傳中國，東漢以後的學者開始注意印度梵文的音讀，從而發現了「反切」、「四聲」之說，到了魏、晉、齊、梁之間，得以確立。這對於後來聲韻學的發展，貢獻極大。

東漢後期和劉熙同時的許慎，他是一位「博學經籍」的古文派學者。在他所處的時代，古文學派已經抬頭，他不但可以看到隸書和篆書所書寫的經學文獻，而且也認識到「郡國亦往往於山川得鼎彝，其銘即前代之古文」，包括殷周金文以及「壁中書」等等古代文物資料。東漢安帝永初四年（公元一一〇），召集學者在東觀校定宮中圖書，他也參與其間。雖然他當時尚無緣得覩甲骨文，但以當時的時代環境而言，能接觸到這麼多文獻資料，已極難能可貴。因此他在校定五經異同之餘，「懼斯文之墜地也」，編著《說文解字》一書，不但能兼顧漢字的形音義，因形以說音說義，而且對於漢字的形體結構和筆畫姿態，也都有深入的了解，所以能「今敍篆文，合以古、籀」，示人以從入古學的門徑。他在《說文解字．敍》中這樣說：「文字者，經藝之本，王政之始。前人所以垂後，後人所以識古。」意思非常明白，他認為要學習「經藝」，要效力「王政」，不能不從研究文字開始。質之當時的時代環境，也確實如此。

從以上的說明裡，可以看出秦、漢之際，古今文字的演進發展，有兩個層面：一方面是一般吏民的學習風氣，捨難而趨易，捨古而趨時，捨篆書而就隸書，而且越來越變本加厲，這促成了今隸、草書、楷書、行書等等的產生；另一方面，卻是朝廷君臣對古代文物典籍的日益重視。也由於帝王的崇尚，名儒的提倡，使古文經學派日漸壯大，因而使得一些學者，不但注意到語言文字與學術文化之間的關係，效力於學術思想的發揚和古代文獻的傳承，而且對於教導學童、培養人才的基礎教育，也非常重視。字書詞典的不斷更新增訂，字體書體的不斷演進發展，在在說明了當時的學術風氣。

參考書目舉要

一

- 《殷虛書契五種》，羅振玉，北京：中華書局，二〇一五年
- 《觀堂集林》，王國維，北京：中華書局，一九五九年
- 《小屯殷墟文字乙編》，董作賓，台北：中研院史語所，一九九四年
- 《卜辭通纂》，郭沫若，北京：科學出版社，一九八三年
- 《甲骨文合集》，郭沫若，北京：中華書局，一九七八～一九八二年
- 《甲骨文合集釋文》，胡厚宣，北京：中國社會科學出版社，一九九九年
- 《甲骨文字集釋》，李孝定師，台北：中研院史語所，一九六五年
- 《甲骨文字釋林》，于省吾，北京：中華書局，一九七九年
- 《甲骨文字編》，李宗焜，北京：中華書局，二〇一二年
- 《甲骨文的世界》，白川靜（蔡哲茂等譯），台北：巨流圖書公司，一九七七年
- 《甲骨文選注》，李圃，上海：上海古籍出版社，一九八九年
- 《甲骨文字學述要》，鄒曉麗等，長沙：岳麓書社，二〇〇〇年
- 《甲骨文字學》，朱歧祥，台北：里仁書局，二〇〇二年
- 《甲骨文商史叢考》，楊升南，北京：線裝書局，二〇〇七年
- 《甲骨文與商代文化》，趙誠，瀋陽：遼寧人民文學出版社，二〇一一年
- 《許進雄古文字論集》，許進雄，北京：中華書局，二〇一〇年
- 《商代宗教祭祀》，常玉芝，北京：中國社會科學出版社，二〇一〇年
- 《殷墟婦好墓銘文研究》，曹定雲，昆明：雲南人民出版社，二〇〇七年

二

- 《兩周金文辭大系圖錄考釋》，郭沫若，上海：上海書店出版社，一九九九年
- 《殷周金文集成》，中國社科院考古所，北京：中華書局，一九八四年起十年
- 《金文詁林》，周法高，香港中文大學，一九七五年
- 《金文編》，容庚，北京：中華書局，一九八五年
- 《金文選讀》，孔德成師，台北：藝文印書館，一九六八年
- 《積微居金文說》（增訂本），楊樹達，北京：中華書局，二〇〇四年
- 《商周金文》，王輝，北京：文物出版社，二〇〇六年
- 《西周金文選注》，秦永龍，北京：北師大出版社，一九九二年
- 《商周古文字讀本》，劉翔等，北京：語文出版社，一九九六年
- 《金文釋讀與文明探索》，趙平安，上海：上海古籍出版社，二

〇一一年
•《中國青銅器辭典》，陳佩芬，上海：上海辭書出版社，二〇一三年

三

•《陶文編》，金祥恆，台北：藝文印書館，一九六四年
•《饒宗頤新出土文獻論證》，沈建華，上海：上海古籍出版社，二〇〇五年
•《楚帛書》，饒宗頤、曾憲通，香港：中華書局，一九八五年
•《戰國楚竹簡匯編》，商承祚，濟南：齊魯書社，一九九五年
•《郭店楚簡研究——文字編》，張光裕等，台北：藝文印書館，一九九九年
•《簡帛發現與研究》，馬今洪，上海：上海書店出版社，二〇〇二年
•《古璽彙編．文編》，羅福頤，北京：文物出版社，一九八一年
•《古璽印考略》，羅福頤，北京：紫禁城出版社，二〇一〇年
•《先秦貨幣文編》，商承祚等，北京：書目文獻出版社，一九八三年
•《古文字類編》，高明，北京：中華書局，一九八六年
•《漢語古文字字形表》，徐中舒，成都：四川人民出版社，一九八一年
•《中華五千年文物集刊》，吳哲夫，台北：故宮該刊編委會，一九八三年起五年
•《鳥蟲書通考》（增訂本），曹錦炎，上海：上海辭書出版社，二〇一四年

四

•《漢字的結構及其流變》，梁東漢，上海：教育出版社，一九五九年
•《漢字的起源與演辯論叢》，李孝定師，台北：聯經出版公司，一九八六年
•《漢字學》，蔣善國，上海：教育出版社，一九八七年
•《漢字學》，王鳳陽，長春：吉林文史出版社，一九八九年
•《符號，初文與字母——漢字樹》，饒宗頤，香港：商務印書館，一九九八年
•《漢字理論叢稿》，黃德寬，北京：商務印書館，二〇〇六年
•《文字析義注》，魯實先，台北：商務印書館，二〇一五年
•《古文字釋要》，李圃等，上海：教育出版社，二〇一〇年
•《字源》，李學勤，天津：古籍出版社，二〇一二年
•《古文字論集》，張桂光，北京：中華書局，二〇〇四年
•《戰國文字通論》，何琳儀，南京：江蘇教育出版社，二〇〇三年
•《秦文字集證》，王輝，台北：藝文印書館，一九九九年
•《秦系文字研究》，陳昭容，台北：中研院史語所，二〇〇三年
•《隸變研究》，趙平安，保定：河北大學出版社，一九九三年
•《漢字百話》，白川靜（鄭威譯），台北：大家出版公司，二〇

一二年

五

•《小學識字教本》，陳獨秀，成都：巴蜀書社，一九九五年

•《中國文學教科書》，劉師培，台大總圖書館藏民初刊本

•《文字學發凡》，馬宗霍，北京：商務印書館，一九三五年

•《中國文字學》，顧實，上海：商務印書館，一九二六年

•《中國文字學史》，胡樸安，台北：商務印書館，一九九三年

•《漢語文字學史》，黃德寬等，合肥：安徽新華書店，一九九〇年

•《中國文字學概要·文字形義學》，楊樹達，上海：上海古籍出版社，二〇〇六年

•《文字學四種》，呂思勉，上海：上海古籍出版社，二〇〇九年

•《中國文字學概要》，張世祿，貴陽：文通書局，一九四一年

•《文字形義學概論》，高亨，濟南：山東人民出版社，一九六三年

•《古文字學通論》，高明，北京：文物出版社，一九八七年

•《中國文字學》，唐蘭，台北：開明書店，一九六九年

•《古文字學導論》，唐蘭，台北：樂天出版社，一九七〇年

•《古文字學綱要》，陳煒湛等，廣州：中山大學出版社，一九八八年

•《中國古文字學通論》，陳世輝等，福州：福建人民出版社，二〇一一年

•《中國文字學》，陳夢家，北京：中華書局，二〇〇六年

•《中國文字學》，龍宇純，台北：學生書局，一九八四年

•《文字學概要》，裘錫圭，北京：商務印書館，二〇一〇年

漢字學之一

漢字從頭說起

作者：吳宏一
主編：曾淑正
企劃：葉玫玉
封面設計：丘銳致

發行人：王榮文
出版發行：遠流出版事業股份有限公司
地址：台北市南昌路二段八十一號六樓
劃撥帳號：0189456-1
電話：（02）23926899
傳真：（02）23926658

著作權顧問：蕭雄淋律師
二〇二〇年十月一日　初版一刷（印數：二〇〇〇冊）
售價：新台幣三五〇元

缺頁或破損的書，請寄回更換

ISBN 978-957-32-8878-7（平裝）
YLib 遠流博識網 http://www.ylib.com
E-mail: ylib@ylib.com

國家圖書館出版品預行編目（CIP）資料

漢字從頭說起 / 吳宏一著 . -- 初版 . --
臺北市：遠流 , 2020.10
面；　公分
ISBN 978-957-32-8878-7（平裝）

1. 漢字 2. 歷史

802.209　　109013703